女嫌いドクターの過激な求愛

～地味秘書ですが徹底的に囲い込まれ溺愛されてます！～

★

ルネッタブックス

CONTENTS

序章

遠くから救急車のサイレンの音が聞こえ、うとうとと舟を漕《こ》いでいた日々城理乃《ひびきりの》は、まぶたを持ち上げる。

最初に目に映ったのは白いリノリウムの床と自分の靴先だった。

昼間は照明の光を受けて淡く黄を帯びた色を見せる病院の床は、照明を落とされた夜明け前では暗く、履いているローファーの黒革と相まって、凪《な》いでいる夜の海にも似ていた。

そこにぼんやりうつる自分の影を見つつ、理乃は思う。

――静かだ。

日付を超えた頃はまだ、熱にむずがる赤子の泣き声や、酔っ払いの罵声などが響いていた夜間救急の待合室も、朝四時ともなれば誰もおらず、ただ自動販売機から漏れる電子音だけが、羽虫のようにつきまとう。

だがそれも一時のことだ。

近づいてくるサイレンに合わせ、徐々にはっきりしてくる意識の中、胸の内だけでつぶやく。

間を置かずしてサイレンの音は鳴《な》り止《や》み、救急隊員がストレッチャーを下ろす音が壁越しに聞こえてくるだろう。

手足の先にわだかまる眠気と疲れを払うため、無理矢理《むりやり》に首を回し、さらなる意識の覚醒を促していると、正面にあった医療者用通路の自動ドアが開き人が現れた。

「まだいたのか」

素っ気ないを通り超し、冷淡とも言える無感情な声が投げかけられ、理乃は視線を上げる。

「はい。……朝からの収録には絶対に間に合わせるようにと、プロデューサーと院長先生から厳命されておりますので」

夜を徹してここ——夜間救命救急待合室に陣取っていた理由を、相手に合わせた無感動さで告げれば、声の主はかろうじて目視できる程度に眉をひそめ、視線を左へと流す。

（あ、やっぱり不機嫌）

予想通りの反応であるというのに、理乃はいつも通り内心でつぶやいてしまう。

（勿体《もったい》ない）

相手の顔を見て思う。

これで心配そうな声色か、あるいは微苦笑でも浮かべるという人間味があれば、一発で女性の心を射止められるだろうに。

考えつつ相手を正面に見据える。

医師らしく汚れどころか皺《しわ》一つない白衣に襟元が開いた青いスクラブ。

そこから覗《のぞ》く鎖骨は真《ま》っ直《す》ぐかつ完璧なバランスを見せており、その上にある顔はなおさら完璧な美貌を持っていた。

自然に流されている髪は生まれつき色素の薄い栗色《くりいろ》で、染めたものでは出せない輝きと透明感が薄暗がりの待合室で浮き立つ。

水墨画のように丹精かつメリハリがはっきりした輪郭は綺麗《きれい》な卵形。

鼻筋は真っ直ぐで眉も綺麗に整っている。

頬骨《ほおぼね》がやや高く、切れ長の目は涼やかを通り越し鋭く見えるのが特徴だが、それがかえって男性の顔を凜々《りり》しく、美しく見せている。

なにより目の端にあるほくろがなんとも色っぽく、医療系雑誌に彼のアップが載る度に売れ行きが跳ね上がるのも納得できる。

――美しすぎる美容外科医。

それが彼、柊木貴紫《ひいらぎたかし》の巷《ちまた》での別名であり、本人がなにより嫌う二つ名でもあった。

実際、彼は自分から美容外科を名乗ったことはなく、通常、人に会う時は自らを〝形成外科〟と評していたし、この大学付属病院での診療科も形成外科で間違いない。

ではなぜ美容外科と呼ばれるかと言えば、それは形成外科と美容外科の領域が曖昧なこともあるが、なにより影響が多いのが、彼の父が業界でトップを争う美容外科医院グループの長であること、そして父より女優であった母の外見を色濃く受け継いでいることだろう。

(ご本人は、なにより両親を厭《いと》っていらっしゃるのに、皮肉なことだわ)

顔面の筋肉を微動だにさせぬまま、胸中で深く溜息《ためいき》をつく。

そう。柊木貴紫は親を——とくに父を嫌っている。いや、憎んでいると言ってもいい。

(そんな父親につけられた秘書の自分は、彼からどのように思われているのだか……)

理乃の中で好奇心と、それを超える切なさが疼《うず》き、小さく痛みを訴えるが、顔はもちろん声にして問うことはない。

ただ、自分は与えられた役目を果たすだけの人形でいるべき立場なのだから。

あらためて表情を引き締めつつ柊木を見返すと、彼がわずかに瞳を揺らした——ように見えた。

きっと自動販売機の明滅のせいだわ、と、よい方に解釈したがる自分を戒め、理乃は思う。

頭の上できつくお団子にまとめた黒髪。

既製品で一番よくある形のスーツは目立たぬグレー。

タイトスカートから伸びる足は短くはないが長いとも言えず、顔にいたっては人混みに紛れればすぐに分からなくなるほど平凡で、これといって目立つところがない。

一つを上げるとすれば、〝地味〟であることが特徴だろうか——。

黙っていればすぐに背景に馴染《なじ》んで消える外見は、主役としては不適格だが、裏方である秘書という役目には相応《ふさわ》しい。

事実、今日だって、雑多に混み合っていた夜間救命救急待合室に夕方から居座っていたのに、誰一人として気付かず、守衛ですら何度も素通りしていった。

もっとも、守衛が気付いたとしても〝また、柊木先生のところの地味な秘書か〟で、追い出そうともしなかっただろうが。

秘書となって三年。こうして彼を待ち構えて夜を過ごすのはもう珍しくもない。

「……秘書も大変だな」

「ドクターほどではありません。とくに貴方はワーカーホリックを疑われるほど多忙であることを好まれますし」

今日だって当番日ではないのに夜間救急担当として当直しているし、手術した日は必ずといっていいほど泊まり込んでまめに病棟へ顔を出している。

どっちもどっちだと真顔で揶揄《やゆ》する理乃に対し、柊木は呆《あき》れた様子で肩をすくめた。

「言うようになったもんだ」

以前は、顔を見るなり帰れと言っていた柊木も、テレビ局へあるいは父の元へ連行しようと粘り強く自分を待つ理乃の身の上に呆れと哀れみを抱くようになったのか、今では、こうして冗談の応酬をする程度には気を許してくれていた。

「だったら、くだらないテレビへの出演などを、勝手にねじ込まなければいい」

うっかりと、私もそう思いますと同意しそうになるのを堪え、理乃はことさら恭《うやうや》しげに頭を下げる。

「院長先生のご指示ですから。私はなんとも」

「わかっている」

「診療に余裕ができたようでしたら仮眠を。目の下に隈《くま》があってはメイクの時に難儀ですので」

「メイクアップ担当の女から、なにか言われたのか」

露骨に不快げな口調なのは、相手から言い寄られているのか過剰にボディタッチされるのがうとましいのか。

柊木に近寄る女性は多いが、彼は誰一人としてまともに相手をしない。

女優であれ女子アナウンサーであれ、必要最低限の会話だけで通す。

それでも自分こそはと、彼の恋人の座を狙う女は後を絶たず、彼女らは例外なく、柊木が唯一側に置く女――秘書の理乃に嫉妬し、皮肉やささいな嫌がらせをぶつけてくるのだ。

そのいちいちを気にしていたら仕事にならない。

だから理乃はビジネス用の微笑を浮かべごまかした。

「さあ?」

はぐらかす台詞《せりふ》を口にしたが、否定しないこと自体が肯定なのは柊木にも理乃にもわかっていた。

だが柊木はそれ以上理乃を問い詰める気にはならなかったらしく、話を飛ばして最初の質問に対する答を口にした。

「今入ってきた患者は急性アルコール中毒で内科領域だ。人手も足りている。だから言われなくとも仮眠ぐらいは取れる」

「なによりです」

立ち上がった途端、太股《ふともも》にかさついた感触がよぎり、理乃は自分が手首にコンビニの袋を下げていたことを思い出す。

「そうでした。食事を取られていないようでしたらこちらを」

中には貴紫が好む鮭《さけ》と昆布のおにぎりとペットボトルのお茶、そしてリフレッシュ用のメンソール入りウェットティッシュが入っている。

それを見とがめた柊木が、低い声で問いかけてきた。

「……こんな時間なのに敷地外へ出たのか」

「大学病院の隣にあるコンビニまで。今日は院長の撮影が長引いて日をまたがれてしまったので。業務報告の電話をここでするのは場所柄的にも、守秘義務的にもよろしくありませんから」

「そういうことじゃない」

拗《す》ねた口調で吐き捨てた柊木は、わざとらしく怒った顔をして理乃をにらむ。

背筋に冷たいものが走るが、ここで怯《ひる》んでは負けだと自分を叱咤《しった》し、平然とコンビニの袋を差し出し動きを止める。

大丈夫。柊木がこうして静かに怒りを見せるのは今に始まったことではないし、理乃の雇い主は彼の父親であって彼ではない。

(だから収入に困ることはない。多分)

腕を真っ直ぐに伸ばしたままでいたせいか、あるいは日頃の運動不足が祟《たた》ってか、筋肉がつっぱり痙攣《けいれん》しだすのに合わせ、コンビニの袋がカサカサと嫌な音を立てる。

耳ざとく聞きつけた柊木は、これみよがしな溜息を落として袋を受け取り口を開く。

「貰《もら》っておく」

「そうしていただけると助かります」

ありがとう、でも、感謝するでもない。だが、柊木にしてはこれが精一杯の譲歩かつ感謝の表現なのだと知っている理乃は、心の中だけで胸を撫《な》で下《お》ろす。

(よかった。眠らない上に食べないのでは、身体に悪すぎる)

安堵《あんど》したせいで頬《ほお》が緩んでしまったのだろう。理乃をじっと見つめていた柊木が口端を歪《ゆが》め呆れにも似た笑いを見せた。

――お前こそ、なにか食べて仮眠しろ。

そう言われたような気がしてドキリとしてしまう。

が、柊木がそれに気付くより早く、彼の白衣の胸ポケットに突っ込まれていた院内ＰＨＳが鳴り響く。

通話ボタンを押し、振り返る瞬間、ひらりと肩越しに手を振られ、理乃は思わず胸に手を当てた。

時々、こうして互いを理解できているような不思議な共有感が生まれたのは、いつからだろう。

わからない。が、わからなくてもいいと思う。

理乃には恋愛などする気がない。とくに柊木に関しては好意を抱くことはあっても好意を抱かれてはならない。

それが理乃が秘書を続ける第一の条件であり、彼の側にいられる唯一の約束なのだから――。

第一章

スポットライトの強烈な光が、綺麗に作り込まれたセットや出演者に注がれる。

朝に放送される情報番組の収録は、そろそろ終わりの時間を迎えようとしていた。

にも拘《かか》わらず、若い女子アナウンサーは熱心にゲスト席――そこに座る柊木へ語りかけては盛んに瞬《まばた》きを繰り返し、目を美しく見せようとがんばっていた。

(まあ、そりゃそうなりますよね)

清純派との売り文句通りの真面目な視線を注ぎつつ、自分に興味をもってもらおうと食い気味に質問を続ける女子アナと、それを受けてなお表情どころか眼差《まなざ》し一つ変更せず淡々と答える柊木を、どこか白けた気分で眺める。

(今日も完璧ですからねー。うちの若先生様は)

冒頭で報道された殺人事件に対する女子アナからの質問に、医師としての意見を述べる柊木に対して理乃は思う。

(こうして見ると、人じゃないみたい)

整髪料を使って軽く流された柊木の髪にスポットライトが当たり、金や琥珀色《こはくいろ》の光が乱反射し、彼自身が淡く光を放っているようだ。

撮影中とあって白衣ではなくスタイリストが用意したブルーグレイのスーツを身に付けているが、それがまた彼の秀麗な容貌によく似合っている。

柊木が出演する土曜日に視聴率が跳ね上がるのも納得だ。

たとえ笑わず愛想がなくても、そこにいるだけで華がある。

(でもこれじゃあ、番組終了後にクレームが相次ぎそう)

確認用のモニターの中でエンドロールが流れだしているのに、まだ柊木の方を向いたまま視線を送る女子アナに対し、理乃は他人事のまま肩をすくめ、スマートフォンで今日の予定を確認する。

この番組が終わった後、一本、美容関係の番組に出演し、女性雑誌のインタビュー。

それから柊木の父親が経営する美容外科医院が主催するビューティーイベントに出席し、午後二時に撤収。

後は家まで柊木を送り届ければ――彼はもちろん、理乃にとっても一週間ぶりのオフである。

(帰ってシャワーを浴びて、着替えて、メイクもちょっと明るくしてみようかな。でも電車の時間が。……ええい、今日は奮発してタクシーで行こう!)

何事も計画通りに進めるのが信条の理乃にとって、移動手段を電車からタクシーに変更するだけでも冒険だ。

浮かれてると思うが仕方がない。なにせ今日は〝結婚を前提にお付き合いしている男性〟との〝ひと月半ぶりのデート〟かつ〝理乃の誕生日〟なのだ。

（大切な話があるって電話で言われたから、多分アレかな。付き合って一年以上たちますし。その頃が一番プロポーズが多いって、入会していた結婚相談所も言っていたから！）

テンションがあがっていく内心を出さぬよう、ことさら無表情を意識しているため、いつもよりさらに能面顔となっているが、理乃はそれすら気にせずあれこれと今日のデートに思いを馳《は》せていた。

その時だ。

お疲れ様でしたー、と番組の総括をしているプロデューサーの声が大きく響き、どこかピンと張っていた空気が緩んだ。

次いであちこちで拍手やねぎらいの声、あるいは機材を片付ける音が重なりだす。

同時に、柊木が立ち上がるか否かのタイミングでくだんの女子アナウンサーをはじめとして、女性スタッフが彼を取り巻き始める。

速やかに撤収しないと次の予定に遅れてしまう。そうするとその次が押して――と、時間がどんどん過ぎていくだろう。

それは困る。なにせ今日は大事な話がある誕生日のデート。

一分でも早く終わらせなければ。と気合いを入れつつ理乃はスタジオの床を蹴るようにして前に進む。

あと三歩で柊木が射程圏内に入ると確信した時、嫌な台詞が耳に届く。

「どうでしょう。この後、ご一緒にランチでも。まだ先生のお話をお聞きしたいですし」

番組中ずっと塩対応されていたのに、まだめげない女子アナウンサーが目を潤ませつつ計算された上目遣いで柊木を誘っている。

やばいと思ったのと柊木が口を開いたのは同時だった。

「そういうことは、俺の秘書を通してくれないか？　スケジュールは彼女が管理しているんだ」

柊木はうんざりした様子でいつも通りの回答を女子アナウンサーと、彼を取り囲む女性スタッフに返す。

（こ、この人はまたッ！）

途端、それまでにこやかな笑みで柊木を取り巻いていた女性陣が、一斉に彼の視線の先——つまり理乃を振り返り、殺気の籠もった視線でにらみつける。

（おおお。刺さる。刺さります！　嫉妬という名の怨念の矢が！）

〝なにこの女〟との考えを隠しもしない女性らの視線に内心汗を掻《か》くが、表情だけは完璧に無表情を取り繕ってその場で姿勢を正す。

「そうですね。皆様のお誘いは大変ありがたいのですが、若先生はこの後、柊木院長との予定がありまして」

女性嫌いなのは知っているが、断るのに理乃をダシにするのはやめてほしい。

彼の秘書となってから、日に日に厚くなっていく面の皮で視線の矢を受け流し、理乃は内心でぼやく。

柊木は女性に対し極端に冷たい。もはやブリザードと言っていいほどだ。

はっきりと聞いた訳ではないが、おそらく、ダブル不倫上等な両親を見て育ったことに加え、自分ではなく柊木美容外科グループの跡継ぎという立場や、モデルである母ゆずりの外見に寄ってこられるのが嫌なのだろう。

以前は不信感と嫌悪の混じった調子で冷たく突き放し、ついでに皮肉も投げつけるといった暴君な断り方をしていたらしいが、理乃が側に着くようになってからは、こうして思い切りよく面倒ごとを理乃にぶん投げてくる。

最初こそ、親がつけた秘書、しかも女などお断りだとの態度を隠しもせず、互いに争わせて、どっちも自分の周囲から消えればいいと考えていた模様だが、理乃自身が柊木に対する興味を見せず秘書の役に徹していること、そして、この手の女性らにやっかまれてもまったく動じない様子を見て、これは楽だと気付いたのだろう。

告白だろうが食事の誘いだろうが、あげくはバレンタインデーのチョコレートまで、なんだって「秘書を通してくれ」と丸投げしてくる。

おかげで理乃は女性が好むレストランやカフェに詳しくなり、そしてチョコレートが嫌いになった。

――閑話休題。

ともかく、この女性達をなんとかしなければ、スタジオどころかこの場からも動けそうにない。

だから理乃は表情筋を酷使して、計算されたビジネス用の笑顔を見せつつ続けた。

「皆さんご存じのように、柊木院長は大変厳しい方ですから。時間に遅れる訳にはいかず。本当に申し訳ないのですが」

へりくだりつつも主導権を渡さない。

交渉の極意をお題目かのように頭の中で繰り返しつつ、不満げな様子の女性達へ頭を下げる。

「次にしていただければ大変ありがたく」

とは言うものの次はない。

柊木が患者以外の女性と二度会うことはなく、デートに行くことはもっとない。デートに行くぐらいなら病棟へ行くのがこのドクターだ。

その上、今日もやはり理乃がいる。

嫌味《いやみ》や皮肉をぶつけてもヘラヘラとした笑顔で受け流し、足を引っかけようとすれば質実剛健なローファーの底で踏みつけ、あら、すみません！　お詫《わ》びにウチのグループの脱毛割引券を！と、ネットを検索すれば誰でも手に入る類いのクーポンを握らせ、なかったことにしてしまう。

理乃が、美しすぎる美容外科医・柊木貴紫のお目付役にして守護珍獣と陰で呼ばれているのは伊達《だて》ではない。

相手もそれを知っているのか、あるいは落とそうと狙う柊木の前で女の戦いを繰り広げて幻滅されるのが嫌なのか、彼女らは理乃に手も口出しもせず、ただただ睨《にら》む。

不満と敵意交じりの視線を鉄の笑顔で跳ね返し、さりげなく身体を使って人混みを押し柊木の退路を作る。

「さあ柊木先生。急ぎませんと。院長も久々に会うのを楽しみにされてるそうで」

——もちろん嘘《うそ》だ。

一代で国内トップクラスの美容外科グループを作り上げた柊木の父は、露骨にわかりやすい拝金主義で、家庭など二の次どころか優先順位最下位だ。

彼が柊木にかまう理由はただ一つ。

長男かつ、三人いる子どもの中で一番見栄《みば》えがする——つまり、広告塔になる外見をしているからだ。

「……予定って、お見合いですか」

柊木を囲む女性スタッフの誰かがつぶやき、動揺が湖面のように広がる。

(うわあ、これは急がなければ愁嘆場)

仕事と思えば多少の不条理もなんのその な理乃だが、だからといって精神が疲弊しない訳でも、まして心が痛まない訳でもないのだ。

（顔にも態度にも出さないけど）

弱みを見せたら最後だ。

やっと作った退路が一気に崩れ、また元の状態に――女性が柊木を取り囲み、一歩も動けない状況に――なってしまう。

「まさか。ですがそうですねえ。お付き合いを望まれるのでしたら、お名前を院長にお伝えしておきます。御名刺を頂けますか？」

柊木の結婚は、彼自身の意志より院長の意志が優先されることを暗に含ませつつ答える。

するとさあっと波が蒼《ひ》くように女性らの顔色が悪くなる。

というのも柊木の父――柊木貴青《たかお》は美容外科グループの長であると同時に雑誌や番組にも出稿しており、近年ではインターネットの動画配信中に流れるＣＭに力を入れ、多くの女性に出世の機会を与えると同時に、自分の意にそぐわない者は徹底して業界から追い払おうとするので知られているからだ。

柊木貴紫の恋人にはなりたいが、色目を使ったと彼の父親から睨まれるのは怖いのだろう。

つまり彼女らの好意などその程度のもの。と、柊木の冷ややかな目が追い打ちをかけ、一人、また一人と用事があるだとか片付けがとか言いながら、少しずつこちらと距離を置いていき、やっと歩ける程度の空間が開けた。

ちらりと時計の針を見れば、もう五分の遅延。

溜息をつきたいのを我慢しつつ、柊木に、早く行ってください！　と視線で訴える。

そんな風にして、女嫌いな彼を恋愛の沼に引きずり込もうとする女性らを遠ざけ、はぐらかし、うやむやにしながらも理乃の内心は名状しがたいモヤモヤとした感情が渦巻いては、時々、心の弱い部分にチクッと刺さる。

不意に湧き上がる切なさから目を背けつつ、理乃は己に言い聞かす。

違う。これは柊木に対する感情じゃない。デートに遅れそうだから、お付き合いしている人を待たせそうだから罪悪感を抱いているのであって、決して恋愛感情などではない。

なぜなら、理乃は感情まかせの恋愛というものを拒絶していたし、まして美しすぎる柊木と平凡地味のマネキンみたいな自分が釣り合うとも思えない。

実際、秘書となってからこちら、一度も艶《つや》めいた空気になったことはなく、男女としての関わりもない。

(ただ、側にいるだけ。いて、彼を支えるだけの存在。空気のように気配がなく、裏方として影に潜み見守るだけ)

秘書となり、正職員として安定した生活を続けるには、彼に恋することは許されない。

なぜなら、理乃は彼の秘書にすぎず、雇い主である柊木の父が考える嫁候補にはどう間違っても入れそうにない。

雇い主である柊木の父から、彼を恋愛から遠ざける、あるいは女は遊びの関係で終わるよう仕組むというのが、理乃に与えられた使命の一つ。

にもかかわらず、彼に異性として興味を抱けば、バレた瞬間に島流しか解雇だろう。

解雇だけは困る。

と言うのも理乃の母親や姉も柊木美容外科グループで働いている。下手すれば彼女らにも影響が及んでしまう。

(それに私は愛なんてあやふやなものに頼りたくない)

価値観と生活レベルが近い穏やかな異性と結婚し、ごく普通で問題の起こらない人生を歩む。

そのために頑張ってきたのではないか。

理乃は胸の奥で騒ぐ予兆を傲然と無視し、柊木を連れてスタジオを出る。

通路にでると小道具を抱えたスタッフや、お笑い芸人らしき二人連れなどとすれ違うが、足を止めぬまま挨拶しては通り過ぎる。

そのままエレベーターに乗り込めば幸いに誰もおらず、やっと息を吐く。

かたわらに立つ柊木を横目で盗み見れば、すこし不機嫌そうに眉を寄せていた。

(助けに入るのが遅かったかも)

不審に思われる一秒前に目を逸《そ》らし、なにごともなかったそぶりで移り変わるエレベーターの表示だけをにらみつける。

そうこうするうちにエレベーターはエントランスのある一階へと到着し、アイドルグループの出待ちをしていた女性らに気付かれないよう、すばやく車寄せへと移動すれば、そこに送迎の車が到着し、運転手が心得た動きでドアを開けてくれた。

乗り込み、一拍置いて車が発進すると湾岸の景色が窓越しに広がる。

普段であれば通勤時間で混み合う大通りも、土曜日の朝であるためさほど渋滞しておらず、車は流れるようにアスファルトの上を進んでいく。

そうしてどのぐらい経《た》ったのだろう。おい、と素っ気ないことこの上ない声で呼びかけられる。

「どうかされましたか」

言葉遣いを素早く秘書モードに取り繕って声の主――柊木を見れば、かれは腕を組み、ついでに長い足をこれ見よがしに組んでいた。

リムジンの広い後部座席で足を組まれても、空間にはまだ余裕があるが、あまり行儀がよい姿勢とはいえない。

けれど彼がやると、ポスターかグラビアのようにぴたりとはまるのが、今日は妙に小憎らしい。

(無駄に外見だけはいいんだから)

女性に対しては塩を通り超してブリザードなのに、神様も意地悪なことをするものだ。

そんなことを考えつつ相手の返事をまっていると、柊木は眉間の皺をこれ以上ないほど深めてぼそりと吐き捨てる。

「……無駄に顔だけはいいと思っていそうだな」

内心を読まれ、うぐっと変な声が出かけたのを呑《の》み込《こ》んで、〝そんなことはありませんよ〟と人畜無害の笑顔を浮かべる。

が、口の端が引きつるのはどうしようもなかった。

（顔だけじゃなくて、その長いおみ足も綺麗に筋肉がついた二の腕と長く器用な指先も素晴らしいと思ってますよ）

ただ理乃にとってはお呼びでないだけで。

馬鹿みたいにニコニコして誤魔化《ごまか》す作戦を突き通していると、珍しく柊木がはーっと大きく溜息を吐いた。

「日々城はいつ結婚する予定なんだ」

「へ？」

唐突すぎる問いに思わずきょとんとしてしまう。今までこんなプライベートな質問をされたことはなかった。

「……セクハラとかそういう変な意味ではなく、その、誕生日だろう。今日」

「え、ええ。……ごご、ご存じでしたか」

予想もしなかった問いに気が動転してしまう。間違っても柊木は他人の誕生日を、しかも女の誕生日を覚えているタイプではない。

「まあ、一応は俺の秘書だからな」

どこか拗ねたように顔を逸らされて、そういうものなのかなと思う。

就職浪人の果てに秘書として採用されて五年。柊木に付いてからは三年。

最初はついていくのがやっとだったし、まったく認めてもらえないどころか邪険にされていたのに、誕生日を覚えるぐらいには彼に認められているんだと、胸に温かい歓《よろこ》びがじわりと満ちる。

「ありがとうございます」

面映ゆさから頬を染めつつ御礼を言う。と同時に先ほどの問いは多分、仕事の都合から聞いているのだなと理解した。

「仰《おっしゃ》るとおり誕生日です。それで、その……今日、大事な話があると、お付き合いしている方から伝えられておりますので、その、ええと」

恋愛に夢は持ってないが結婚に対する希望はある。

とはいえプロポーズとはっきり言うのもなんだか恥ずかしくてもじもじすれば、柊木は完全に顔を横へ向け、車窓ごしに理乃を見て口を開く。

「そうか。今日プロポーズされるわけか」

「はっきり言われてしまうと困ります。私は、大事な話があると聞いているだけで」

だが結婚相談所の紹介により出会い、お互い似た価値観だということから付き合い始めて一年少し。

身体の関係は一切ないが、結婚を前提としているのだから、そろそろアクションがあってもいいはずだし、誕生日は絶好の機会だろう。

やっぱり今日かな、そうだよね。ともじもじとタイトスカートの縁《ふち》を揉《も》んでいると、柊木は妙に平坦《へいたん》な声で〝そうか〟と返したきり黙り込む。

ああやっぱり確認だったんだなと納得し、すぐ、浮かれすぎていたかなとも反省してしまう。

理乃としてはいつも通りに働いているつもりだったが、やはりどこか気がそぞろになっている部分があり、小さなミスもあったかもしれない。

「ですが、それとこれは違います。プライベートのイベントに関わりなく、柊木先生にはきっちりとお仕えさせていただきますし、ミスのないよう一層励ませていただきます」

反省を言葉にしたが、それに対する柊木の返答はなく、妙な沈黙を抱えたまま車は次の予定地で停車したのだった。


理乃が住む江東区の門前仲町から恵比寿《えびす》にある待ち合わせ場所まで、乗り換えを三度挟んでおよそ一時間。

一日中立ち歩き、仕事でくたびれている足に気合いを入れ、地下鉄からプラットホームへ降り立つ。

最初は奮発してタクシーをと考えていたのだが、土日の東京、しかもデートスポットである恵比寿駅前までとなればどこで渋滞にひっかかるかわからず、時間が読めない。

だから、遅延が少ない電車を選ぶことにした。その分、準備の時間が押してしまうのは仕方なかったが。

（よかった。時間より三分だけだけど早く着けそう）

歩きつつ時計をちらりと見て胸を撫《な》で下ろす。

理乃が必死に願い、労を惜しまず先回りして仕事を進めたというのに、予定は結局三十分もオーバーして完了した。

新宿にある大学病院へ戻るという柊木の要望を無視し、そのまま彼を新宿の自宅――タワーマンションへと送り届け、送迎の運転手に御礼を言ったか言わぬかのうちからダッシュして地下鉄の駅をくぐり、自宅まで脇目も振らずに帰った。

シャワーを浴びて、髪を洗って、昨晩用意したワンピースに袖を通しと、時間の許す限り身なりを整えたにもかかわらず、約束のバルへ向かって一歩進むごとに、心臓の鼓動がうるさくなってくる。

（トリートメント、あと五分。いや、三分置いて流せばよかった。ちゃんと乾かす時間があったらついでに巻いて、いつもより華やかに……って、それは狙いすぎかな）

普段の十倍は浮かれながら、あれこれと今日のデートを予想する。

（二十八才の誕生日、しかも大事な話っていったら、やっぱりプロポーズですよね！　サプライ

ズでケーキとか出てきたらどうしよう。やっぱり御飯は控えめにしておこうかな）

年に三度も履かないハイヒールのかかとを高くならしつつ、アスファルトの道を早足で歩く。

ほどなくして、約束の場所であるビオ系バルのナチュラルウッドを使った外装が見えてきたので、理乃は立ち止まって一度呼吸を整える。

「それにしても」

こんな店でデートなんてめずらしいなと、待ち合わせの店を見た理乃は怪訝《けげん》に思う。

結婚紹介所がセッティングしたお見合いの時にホテルのラウンジを使ったことを除《のぞ》けば、付き合っている相手――仁川智史《にかわさとし》との待ち合わせはファミレスや居酒屋といった、恋人と言うより同僚や友人向けの店が多かった。

それは仁川と理乃がともに仕事人間で、デートや合コンなどに参加することはもちろん興味も薄いため、その手の男女が喜ぶ店というものがいまいちピンと来なかったし、また男女を意識するような雰囲気がある店より、ファミレスなどのほうが気易《きやす》く、緊張せずに済むという理由もあった。

異性との付き合いに慣れた女性なら、デートにファミレスや牛丼なんてと眉をひそめるだろうが、理乃は逆に仁川がその手の店を知らないことが、女性にうとく、また、結婚してからのありようが見える気がして好ましかった。

だから、見た目からしてお洒落《しゃれ》で、いかにも女性に好まれそうなバルという待ち合わせ場所に少々面食らってしまう。

（いやいや、大事な話って言っていたし。うん。これは同僚の女性に意見を聞いたとかして、頑張ってお店を選んだってことかな？）

だとするといよいよプロポーズだ。

嬉《うれ》しいというより、どう反応すればいいのかと緊張してしまう。

柊木の前では平静を装っていたし、つい先ほどまで予定通りに結婚できそうな未来に浮かれていたが、こうして現実となって目の前に立ち現れられると、どうしてか気が怯む。

――しっかりしなさい。理乃。

自分自身を叱りつけつつ、うなだれかけていた首に力をこめて前を見る。

（そうよ。私は姉さんや母さんみたいに、ダメ男に引っかかって人生を粗末にしたりしない。ちゃんとした人とお付き合いして、ちゃんとした手順を踏んで結婚して子どもを産んで、平凡かつ波風の立たない人生を送るのよ！）

恋に溺れれば男に利用されるだけされて捨てられる。だから恋なんてしたくないし、結婚は愛よりも敬意と協調性があればできるはず。

何度も繰り返し頭に刻んできた指針をもう一度確認しながら、一方で得体の知れない不安が密《ひそ》かな影を落とす。

私に――できるかな。

理乃と同様に平凡を絵に描いたような仁川を相手に、夫婦の営みができるかと考えるも、どうにも想像がつかない。

どころか想像しようとすればするほど頭が真っ白になって、変な汗が手ににじむ。

それを〝処女の想像力のなさ〟と片付け、世の夫婦がやっていることが自分にできないはずはないと己を励ましつつ、蔦《つた》の造花が絡むウッドドアを押す。

カウベルの澄んだ響きがまず耳に届き、次に人が談笑するざわめきに包まれ、最後に、フランスのシャンソンをアレンジしたらしきピアノ音が聞こえる。

同時に店内の至る所に置かれた観葉植物の緑や、天井から下がるドライフラワーの花綱などに目を奪われた。

ものすごく、お洒落だ。

ランタン型の間接照明やテーブルフラワーに添えられたキャンドルの柔らかな光が、店内の雰囲気を一段と幻想的に仕上げている。

夕暮れにも似たほの暗さの中、理乃は仁川を探し視線を左右に巡らせ、相手を見つけるなり目を大きく見開いてしまう。

彼がいた。ただし一人ではない。

隣にまだ社会人になって二、三年とおぼしき女性が座っている。

（誰？）

兄弟がいるという話は聞いていたが、妹がいるとは聞いていない。

うっかりと聞き流してしまったのだろうかと考え、いや、それはないと心の中で頭を振りつつ女性を観察する。

ふわふわした栗《くり》色の髪に小花柄のシフォンワンピース、そこにくすみピンクのカーディガンを合わせている。目は大きく人形のようにぱっちりしていて、小ぶりな鼻や口と相まって可憐《かれん》なひなげしを見てるよう。

艶っけのない黒髪を短髪にし、これといって特徴もないセーターとチノパンといった、よく言えばごく普通、悪く表現すればありきたりで記憶に残らない仁川とは真逆で、まるで姫君と従者のようだ。

状況が呑み込めず立ちつくしていると、理乃の来店に気付いた店のギャルソンが微笑を浮かべて〝お一人ですか?〟と問いかけてきた。

「ええと、予約している仁川、ですが」

困惑から上擦った声になってしまったが、店の喧噪《けんそう》でわからなかったのか、あるいは客の事情に立ち入らないようきちんとした教育を受けているのか、ギャルソンの青年は心得た動きで理乃を二人が座る席へと案内する。

テーブルの上には飲みかけのコーヒーとハーブティが揃《そろ》っておかれていて、二人が随分と前から理乃を待っていたことに気付く。

「遅くなって申し訳ありません」

胸の中の動揺を隠し、仕事の時と同じ平坦さで口にしてしまう。

実際には予定通り五分前に着いているのに、どうして謝ってしまったのか。

自分でもわからない感情を持て余し、それでもなんとか身を取りつくろって座り、コーヒーを頼む。

レモンの浮かんだミネラルウォーターとおしぼりが出され、手持ち無沙汰さといつまでも沈黙を守る二人に耐えきれずグラスを手にとれば、弾かれたように仁川が深々と頭を下げた。

「申し訳ない、日々城さん。本当に申し訳ない！」

感情の高ぶりから声が大きくなったのだろうが、そのせいで周囲の視線が一斉にこちらに集まってしまい、目立つのが苦手な理乃は焦ってしまう。

「い、いいえ。こちらこそ。ではなくて……、なんのことでしょう。それと失礼ですがそちらの方は？」

今日は大事な話があるのではなかったのか。なのに第三者がいる理由がわからず問うと、仁川は気まずそうに顔を歪め口を開く。

「去年から僕の職場にきている、派遣の清水さんです」

「その職場の方が一体どうして……？」

妹、あるいは親族なら、結婚を前提に付き合っているのなら挨拶でもという考えはおかしくないが、職場の同僚がいるのは明らかにおかしい。

だんだん雲行きが怪しくなる中、理乃がなるだけ表情をフラットに保ちつつ首を傾《かし》げれば、仁川のとなりで身を小さくしていた清水がぱっと顔をあげ、潤んだ目を見開いて言葉を急《せ》き立《た》てる。

「わ、私が悪いんです。仁川さん……いえ、係長が結婚するって聞いて、動揺して、それで、以前から好意を持っていた勢いもあって、つい」

好意からの勢いってなんだ。ついとはどういうことだ。

問い詰めたい気持ちはあるが、ここは黙って成り行きをみたほうが良さそうだと判断した理乃は、グラスを両手につつんで真っ直ぐに視線を保つ。

「つい、とは」

「その……残業の時に、好きだと言われて、僕も彼女のことはいい子だと思っていたし、まさかモテる彼女が僕に好意を持っているなんて信じられなくて、舞い上がって」

――つまり、そのまま致してしまったということか。

いかにその手の体験どころか、男性との交流が極小の理乃でも察してしまえる内容とくだらなさに、ついつい呆れの溜息をこぼしてしまう。

「それで？」

「妊娠、させてしまってね」

ショックというより、なんで避妊しなかったのだという疑問が最初に来てしまうのは、真面目だからか。

どこか他人事のように仁川の告白を聞き流していると、彼は理乃がなにも言えないのをいいことに、自分の都合をだらだらと語る。

仕事の指導役だった。その頃から彼女が気になっていたが、モテる彼女が自分を相手にするはずがないと諦めて婚活していた。

理乃は大切な友人のように居心地のいい関係だったし、真面目に結婚も考えていたが、どうにも踏み切れずにいたところを告白された。

結婚相手としてはほどほどに理想的だし、ここらで妥協すべきだと思っていたが、やはり本命から愛を告げられて冷静ではいられずにこんなことになってしまった——などと、恋に浮かれ、自分の気持ちが認められて当然という愛の暴力を振るい、本心では申し訳ないなど一欠片《ひとかけら》も思ってないだろう台詞を言われ、理乃はくらくらと目眩《めまい》がしてしまう。

(いや、真剣に考えていたなら、告白されたその日か翌日にでも私に連絡して、関係の解消をしてから、新たに清水さんとお付き合いするべきでしょう)

にもかかわらず、十五の初恋みたいに舞い上がってやることとヤった挙げ句、大人の常識や責任も放置して中だしし、挙げ句孕《はら》ませたことを、どうしてこうも正々堂々と言い訳できるのか。

(頭痛がしてきた……)

つまるところ、仁川にとって理乃は〝こんなものか〟な結婚相手で、流されて結婚するか、もっといい話が来るまでのつなぎでしかなかったのだ。

部下に手を出して孕ませたことより、結婚前提のおつきあいをなかったことにしてくれという身勝手な要望より、無意識のまま仁川が放ったメッセージのほうが理乃を打ちのめす。

好きだの、恋だの、愛だからだの。

そんな言葉で勝手に二人で燃え上がり、その他の登場人物にすぎない理乃をないがしろにする様は醜悪で、そしてナイフのような鋭さで理乃の自己評価をズタズタに裂く。

その痛みに耐えながら、ただただグラスを握り締めていると、仁川の隣で俯《うつむ》いていた清水が、緩く締めつけるところのないワンピースの上から、これ見よがしの仕草で腹を撫で、あざとさの棘《とげ》を隠しもしない上目遣いで理乃を見てニヤリと笑う。

地味なおばさんが、若くて可愛《かわい》い私に勝てる訳がない。という傲慢さと根拠のない自信に満ちた視線に気付いた途端、いいようのない怒りが爪先から頭まで突き抜けた。

カッと顔に血が上り頬が朱を帯びる。

衝動的に女へ水をかけてやりたくなりコップを握り締めた理乃は、だが、自分の指が怒りと悔しさで細かに震えているのを見て、大きく息を吐く。

その手に乗るな。

なぜか柊木の声でそう言われた気がして、身も心も引き締まる。

――そうだ。その手に乗ってはいけない。

ここで水を掛けてしまえば、彼女はごめんなさいと謝りながらテーブルに突っ伏して涙して、仁川どころか店にいる全員を味方につけるだろう。

そして同情という武器を手に入れた彼女を守るため、仁川は理乃を批難して、いい切っ掛けだとばかりに罵倒するに違いない。

結局のところ、本当の被害者が誰かなど誰にだってどうでもいいのだ。どちらがより被害者に〝見える〟かが重要で、その役柄を上手《うま》く演じたほうに加勢し自分のささいな正義心を満足させたい者が多い世の中だから。

（相手の演技に煽《あお》られちゃ、だめ。被害者ぶっている女の自意識を満足させるために、私は存在している訳じゃない）

怒りで浮いた腰を真っ直ぐに伸ばし立ち上がった理乃は、仁川の見えない角度で、清水がしめたと顔を輝かせたのを見やり、手に持ったグラスを高々と掲げる。

「きゃっ……、酷《ひど》い！　水が……！」

と、愛らしい声が響いたが、周囲の視線は声の主――清水の処にはまるでなく、風呂上がりの中年男性じみた格好で腰に手を当て、勢いよく喉を鳴らしながら水を一気飲みする理乃のほうにあった。

「え……」

先走った演技が決まらず、半泣きの仮面を取り落とした清水がぽかんと口を開いてこちらを見上げてくるのと同時に、理乃は人生最高の日だと言わんばかりの笑顔を浮かべ、店中に響く大声で言い放った。

「愛する人を見つけたんですね！　おめでとうございます！　今後末永くお幸せに！」

一気に告げるなりグラスをテーブルに置いて、横においていたバッグから財布を取り出し紙幣を抜き出す。

「あ、これコーヒー代ですっ」

まだ注文の品も来ていないテーブルに五千円札が叩《たた》き付《つ》けられる。

正直、勿体ない気がしたが結婚披露宴のご祝儀と悪縁への手切れ金だと考えれば破格だと自分に言い聞かせ、理乃は颯爽《さっそう》とした仕草で二人に背を向けて店の外へと突き進む。

秋の日はつるべ落としというとおり、店に入ってから三十分も経っていないというのに、辺りはすっかり暗い。

おぼろげに見える街の人影は、付近にデートスポットが多いということもあり男女の二人連れが目立つ。

突然、世界に一人っきりで放り出されたような虚《むな》しさと怖さに囚《とら》われ、理乃は丸めた紙のように顔を歪め、唇を噛《か》む。

——泣いたりするものか。少なくとも、あの女と男の視界にいるうちは。

そう決意するが、どこへ行けばいいのかわからない。

一人暮らしをしているマンションへ戻るべきだとわかっているが、独身であることを思わせる場所に帰り、一人で泣《な》き濡《ぬ》れるような週末を過ごしたくないという気持ちのほうが強かった。

ともかくこの場所を離れたい。

その想《おも》いのまま人の流れに従って足を動かす。

久々にはいたヒールで踵《かかと》や足の甲が痛んできたが、それすらも気にならないほど理乃は完璧に打ちのめされていた。

そうしてどれほど歩いただろう。

あと少しで恵比寿の駅だと気が付いた理乃は、駅前の交差点を駆け抜けるべく高らかに踵を蹴り——次の瞬間、後ろから伸びてきた手に思いっきり手首を掴《つか》まれ引き寄せられた。

「日々城！」

怒鳴るような、それでいてどこか切羽詰まった声に聞き覚えがあるなとぼんやりしつつ振り返れば、そこには毎日見ても見慣れない柊木の美貌があった。

「柊木、せんせ？」

先生といいきれなかったのは、堪えていたはずの感情の糸が見知った顔を見つけたことで切れ、嗚咽《おえつ》が喉を詰まらせたからだ。

「前を見ろ、死にたいのか」

言われ、うつろな視線を横断歩道へ向ければ、すごい勢いで車が通り過ぎていく。

悲鳴が喉の奥でつっかえ、思わず顔を強《こわ》ばらせていると、やや強引なやり方で柊木が理乃を横断歩道の縁から引き剥《は》がし、店と店の間にある小さな通路へと引っ張り込む。

「どうしたんだ、その顔は」

夜の闇に陰っていてもわかるほどはっきりと青ざめながら、柊木が理乃の肩を揺さぶる。

(珍しいな、この人が患者の急変以外でこんな顔をするのは)

色んな感情が爆発しすぎた頭でどこか無感覚に思う。

「それを言ったら、先生こそ」

面白くもないのにヘラヘラと力ない笑みを浮かべれば、彼は唐突に目を泳がせ不明瞭に言い訳しだす。

「俺は、帰宅した後で、その、友人を誘って食事でもと考えて……だな」

「友人、いたんですか」

驚きに目を瞬かすと、「そこかよ」とやや乱雑な言い方で突っ込まれた。

失礼だったかもとの考えが頭をよぎるが、驚くのは許してほしいとも思う。

理乃が知る限り、外見はもちろん医師としても有望な柊木はめったにプライベートな時間を持たないほど仕事人間であると同時に、仕事以外では一切家の外に出たくないという、〝休日引きこもり〟の見本のような人間だからだ。

夕食については言わずもがなで、だいたいは宅配された食材を使って自炊するか、あるいは料理そのものをデリバリーさせるかで、外食といえば仕事がらみのみ。

本人曰《いわ》く、やたらめったらに鬱陶しい視線を受けるし、中にはナンパしてきたりサインをねだる女もいるから外にでるのは面倒くさい。という美形様らしい悩み故の行動らしいが、ともかく、家から出て遊んでいる姿を見たことがない。

四六時中行動を共にする秘書の理乃がそうなのだから、あとは言わずもがなだ。

そんな柊木が、友人を誘って食事するなど天変地異の前触れではないか。

驚きに目をしばたたかせつつ、だが約束があるなら引き留めるのは悪いとの思いから理乃はつい苦笑を浮かべる。

「ええと、でしたら私のことはお気になさらず。そのご友人のところへ行かなければ時間に遅れてしまいますよ？」

休日までも秘書として忠告すれば、彼はきゅっと眉根を寄せた後で怒られた少年のようにそっぽを向いた。

「……いいんだよ。相手の都合がつかなかったから。それより、目の前で大事な女が泣いていることのほうが重要だろう」

友人がいないと指摘されたのが恥ずかしかったのか、別の意味があるのか、柊木はやや頬を染めつつぼそりとつぶやく。

「大事だなんて、またそんな冗談を。いいえ、秘書として重用してくださっているのでしたら、それは嬉しいことですが」

柊木と話すことで頭を仕事モードに切り替えれば、もう、これ以上惨めな思いをしなくていいとの狡《ずる》さから、理乃はことさら秘書としての自分にすがる。

「ご心配をおかけして申し訳ございません。ですが、私は大丈夫ですの……で」

大丈夫と自分で口にした途端、本当の自分が大丈夫じゃないと胸の中で叫びを上げ、その衝撃で目の縁に留《とど》まっていた涙がぽろりと落ちる。

「あ……れ？」

頬を伝い、顎から落ちた滴を知覚した途端、仕事の緊張感を課すことで止められていた涙が、次から次に溢《あふ》れだす。

ぽろぽろと留まることなく流れていく滴を手で拭い、しっかりしろ。化粧がくずれてはお仕えする柊木に迷惑がかかってしまうと自分に言い聞かせるけれど、まったく上手くいかなくて、思考も感情もますますとっちらかっていく。

「すみません、あの」

「謝るな。それより、本当にどうしたんだ。……今日は、プロポーズを受けに行ったんじゃないのか」

プロポーズ――と柊木の台詞を呆然《ぼうぜん》と繰り返した理乃の中で、今日の出来事が、バルでの茶番が走馬灯のように浮かんで消える。

大事な話があると言われた。誕生日だった。だから結婚に向けて大きく一歩踏み出す特別な日になると浮かれていた。

三十才になるまでに結婚したかった。相手は平凡で目立つところのない、だけど経済力ときちんとした人柄を備えた男性で、そんな男性とつつましく式を挙げて、妻として支え、夫から支えられるというごく普通の家庭を営みたかった。

だから、まだ早いと周りから笑われても構わず結婚相談所へ足を運んだ。

仁川を紹介され、同じ本好きという共通項もあって、この人なら大丈夫だと考えた。

食事だけの清く正しいデートを重ね、誕生日かクリスマスかバレンタインデーに順当かつありきたりなプロポーズを受けて、そして——。

母や姉のように男に騙《だま》されたり利用されるのではない、きちんとした将来を築いていけると思っていたのに。

考えれば考えるほど、どうしようもないやるせなさが胸に満ちてきて、逆に涙が止まらない。

理乃は自分に対し、しっかりしろ、仕事相手である柊木に情けない処を見せて失望させるなと叱りつけつつ、妙に引きつった笑顔を浮かべる。

ふ、ふ、と泣きながら乾いた笑いを漏らし、涙で歪んだ視界の向こうにあってなお美しい柊木の顔を見上げ伝える。

「私、フラれちゃいました……」

フラれたことを伝えた途端、間髪を入れず事情を聞かせろと詰め寄られ、あまりの迫力にしゃっくりが出た。

それに対しうなずくべきかどうか迷っていると、よろめくほど強引に腕を引かれて、信号停止で車道に停まっていたタクシーに押し込まれた。

考えるのも億劫《おっくう》な中、彼がこんな風に焦っているのは見たことがないなと、どこか不思議に思っていると、あっという間に都内屈指の高級ホテルまで連行されてしまう。

車を降りると、逃さないという風に肩を抱かれ、そのことにドキリとしたのも束《つか》の間《ま》、押されるようにしてフロントを通り抜け、ホテルに併設されているバーまで誘導され、カウンターの端にある暗がりに二人並んで座らされる。

まだ時間が早かったからか、店内にはほとんど客がおらず、反対側の端に洒脱《しゃだつ》なスーツを着こなした小父様が、英字らしき新聞を広げちびちびやっているぐらいだった。

バーテンダーは泣き腫らした目の女と、その連れの男など腐るほど見てきたのか、あるいは一流ホテル勤めらしく、客のプライベートに踏み込まない訓練をうけているのか、注文を取りに来たときにちらりと理乃を見ただけで、あとは完璧なポーカーフェイスで自分の仕事をこなしだす。

どこか強ばった声色でスコッチを頼む柊木の隣で、理乃は名前もうろ覚えのカクテルを頼み、沈黙のまま無為に時間をすごしていると、ほどなくして注文した酒が入ったグラスが各々の正面へ置かれる。

シャンパングラスの縁に塩を飾った、白濁色のカクテルを手に取り口に運ぶ。

ヤバイほど酔うと姉が笑いながらネタにしていたから、どんなに苦くてアルコール風味がきついのだろうかと身構えたのとは裏腹に、唇を濡《ぬ》らすカクテルはほんのりと甘く、オレンジの爽やかな香りとライムの味が疲れた身体に心地よい。

グラスの縁を飾る塩が最初だけしょっぱかったが、それすらも飲み進むうちに美味《おい》しいと思えた。

いつのまに頼んだのだろうか、理乃の目の前にはサラミと生ハム、そして多種多様の色形をしたチーズの盛り合わせが置かれており、隣の柊木が食べながら飲めと怖い顔で勧めてくる。

空腹だと酔いやすいと考えたゆえの彼の配慮がうれしくて、遠慮なく銀のピックを刺し口に運ぶが、透けるほど熟成された生ハムの味は、極上だろうにもかかわらずさほど舌を喜ばせない。

感情だけでなく、舌まで無感覚になっているのかと苦笑すれば、隣でじっと理乃を見つめていた柊木と視線が合う。

「それで？」

全部聞くまでは絶対に動かないし逃さないといった気迫を纏《まと》いつつ柊木が促す。

理乃はわずかにためらったものの、これは黙っているのは無理だと悟り、間にカクテルをちびちびと口へ運びつつバルでの出来事を語る。

そうして一時間ほどかかって語り終えた途端。

「クズだな」

「まあ、控えめに言ってクズですね……」

「控えなくてもクズだ。いや、クズでは生ぬるい」

そこから三十秒ばかり、柊木の美しい唇から出たとは思えない苛烈かつ下品な悪態が続き、理乃は思わず目を丸くする。

「ともかく。そんなクズな男と結婚することにならなくてよかった」

はーっと周囲に響くほど大きな溜息で安堵を漏らし、柊木は頭を軽く振り、丸い氷が浮かぶスコッチをあおる。

バーの間接照明を背後から受けて、持ち上げられた顎から喉元までの輪郭が綺麗な線となって闇に浮かぶのを見ていると、形のよい喉仏が大きく動きドキリとする。

なんというかとても男性的な仕草なのに色っぽい。綺麗な人というのはなにをしても絵になるのだなと感心することで浮つく心をなだめていると、柊木は理乃の内心など気付かぬ様子でグラスを置いておかわりを頼む。

そして気付いたバーテンがボトルを手にこちらへ寄ってくるのと同時に、理乃に対し尋ねてきた。

「それにしても。なんでそんなに結婚したいんだ。……まだ二十八歳だろう」

「といっても、ぼんやりしていれば三十なんて目の前ですし。私の仕事では男性との出会いなどまるで……」

「俺は男じゃないのかよ。……ったく。知らぬは本人ばかりだな」

少しだけふてくされた表情になりつつ、柊木は大きく息を吐いて肩を落とす。

「焦る必要はないだろう。落ち着かないと側にいるいい男を見逃すと思わないか」

「思わないですね」

きっぱり言ってのけた途端、柊木が両手で顔を覆って天井へ向ける。

「……本当にお前。百歩譲って結婚願望を認めるとして、相手は好きな男じゃないと嫌だとか、そういうのはないのか」

「んー。ないわけじゃないですよ？　でも、恋愛の失敗例ばかり見て育ってきたので」

他の人に聞かれた時と同じ台詞を言った途端、また、話せと急《せ》かされ苦笑する。

「面白くはないですよ」

「いいんだよ。日比城のことならなんだって」

後頭部を掻《か》き乱《みだ》し、酔いとも照れともつかないもので頬を朱に染めつつ柊木が言うのに微苦笑で頭を振ってから、ぽつりぽつりと理乃は語る。

理乃は母親と姉との三人暮らしだが、この母親と姉が理乃とは真逆の恋愛体質で、その上、付き合う男がことごとくダメな人間。

もとい、〝私がいないとこの人はダメ〟と思わされる相手が好みという、いわゆるダメ男を渡り歩く〝ダメンズウォーカー〟だった。

幼い頃に浮気して相手と駆け落ちし家を出て行った父に始まり、姉の高校時代の彼氏、母が職場で知り合った人――と、理乃の人生に現れる〝恋人〟という存在は、そのことごとくだらしなく、そのくせ見栄だけは一人前以上というタイプばかり。

給料が出たその日に競馬場に行って半分以上を失って、家賃光熱費を払ったらもう手元に通勤費さえ残らないという無計画な男ならまだよし。

中には弁護士になるために勉強中との言い訳を振りかざして、セミナー費用だのなんだのを自分の女（理乃の姉や母だ！）にせびっては、大して感謝もせず、外で別の女とデートやら、怪しい儲《もう》け話に飛びついては金を失い、生活できないと泣きついてくる男。黙って印鑑を持ち去って借金をこさえて逃げる男。

などなど。

二十八歳という年齢にして、この世のクズ男に精通してしまうほど、母と姉の趣味は悪く、生活への被害も大きかった。

母が看護師、姉は美容師と互いに手に職を付けているため、ダメ男趣味さえなければ、もう少しまともな生活ができただろうに――という環境で育った結果、理乃は異性に対する夢や希望どころか、恋愛に対して懐疑的となってしまった。

「仕事さえしていれば借金はなんとかなる額なので、今は大丈夫ですけれど。来年はどうかなあ……って。そういうのを考えていたら、まともな男性と結婚して、安定した人生を送るのが、惚《ほ》れた腫《は》れたより安全だなと」

だから自然な出会いという不確かなものでなく、入会に審査があり、経歴がはっきりとわかる結婚相談所を頼った。

だから穏やかな人柄で公務員という、安定の二文字を背負ってきたような仁川とデートし、互いの価値観や結婚に対する希望を、夫婦は恋愛ではなく相手の敬愛で選ぶという点が一致していることを何度も確認した。

――にもかかわらず、今日の仕打ちだ。

「結局、恋愛は関係ないとかいいながら、若くて可愛くて好意を抱いている相手から好意を寄せられたら、私をコロッと忘れちゃうなんて」

母や姉がクズを引き寄せてしまうように、自分までクズを引き寄せる呪いがかかっているのでは？　と疑いたくなる。

「俺は忘れないがな」

黙って聞いていた柊木が妙に真剣な声色で言うのに苦笑し、理乃はひらひらと手を振りながら二杯目だか三杯目だかのカクテルを飲み干し続ける。

「そりゃそうですよ。まがりなりにも柊木先生の秘書ですもん。忘れられたら困ります。……でも秘書じゃなかったら私なんか視界にも入ってないでしょう？　若いとか可愛いとかすごくどうでもいいって態度ですし、今日も女子アナや女優スルーでしたし」

微妙に話がずれている気がするが、きっと酔っ払っているせいだと思う。

「本当に、どうしてなんでしょうねえ。……お互いの方向性も意識もすりあわせて、さあこれからって時に〝なかったことにしてくれ〟だなんて。社会人として無責任というか、いえ、浮気したまま結婚されるのも嫌ですけれど」

空腹というより口寂しさから生ハムをつついて口へ運ぶ。

「……やっぱり、女の子って外見と若さ第一なんですかねえ」

もし、自分が浮気相手より若ければ、可愛ければ、仁川の気持ちは揺らがず、自分を忘れてあやまちを犯すこともなかっただろうか。

それともこれは罰なのだろうか。恋愛ではなく条件や価値観の一致不一致で相手を選んだことに対する、運命のしっぺ返しなのだろうか。

また目が熱く潤みだすのを瞬きでごまかしつつ、顔を横へ向ける。

「はは、すみません。こんなプライベートな話をしてしまって」

柊木から見えない角度で目の縁を拭って、相手へと顔を向ける。

「そういえば、こんな風に生い立ちを話すのは初めてな気がします」

「気がするじゃなくて、初めてだろ。……日比城は自分のことはまるで話さないし。こっちは別に、昨日あったこととか、好きな食べ物だとか、色だとかでもいいのに」

「色とか食べ物って……。ええと、無理に優しくされなくて結構ですよ。柊木先生の異性への塩対応ぶりは、よ――く知っていますし」

世の男たちが憧れる女子アナや女性客室乗務員、女医、セレブのお嬢様と、引く手あまたな中、一度だって視線をくれず通り過ぎていたくせに、それより平凡で取り柄もない理乃のことを知りたいと言われても、婚約だと浮かれフラれたことを哀れんでくれているとしか思えない。

（それとも、三年も仕えている秘書と、少しだけ距離を近くしたくなったとか？）

理乃からわずかに視線を逸らし、どこかムッとした顔つきでグラスを揺らしている柊木を盗み見つつ思う。

（いやいや）

距離を近くしたくなったというより、今までの理乃が他人すぎただけなのだろう。

柊木との関係を誤解されないようにと、秘書の枠からでないようにと考え接していたが、それが冷たくあしらっているように感じられたのかもしれない。

そうだ。そうに違いないと、勘違いしかける自分の気持ちを心の奥底に静めきって、理乃はとびっきりの笑顔をつくり湿っぽい内容から話題を逸らす。

「思うんですけど。結婚ってそんなに難しいものですか？」

柊木の言葉をどう捉えていいのかわからず感情が揺れていたこともあり、変な質問をしてしまう。

既婚者に対して経験を聞くならともかく、自分同様に独身である柊木に結婚について訊いてどうすると頭を抱えつつ、理乃はごまかすようにカクテルをあおる。

すると柊木は茶化《ちゃか》すでも冷淡な視線を投げるでもなく、珍しく真面目に答えてきた。

「真面目で賢くて真剣な奴《やつ》ほど難しいだろうな」

「え？」

考えもしなかった視点に目をみはる理乃を横に、柊木はほぼ空になったグラスを手で包み、回しつつ続けた。

「賢いやつは先のことまで考える。真面目なら相手の人生を担《にな》えるかと責任を重く捉え悩む。真剣なら自分はこの女を一生愛せるかと問いかける」

なるほど、とついうなずいてしまう。

確かに結婚するに当たって先のことを考えるか、考えずに飛び込めるかは大きな違いだろう。

馬鹿真面目と言われ、失敗が怖くてあれこれ考えては二の足を踏む自分には、確かに敷居が高そうだ。

が、それではいけないのだ。

適齢期のうちに結婚して、子どもを産んで、きちんと育てて。そうすることで失敗のない人生を――と考え、不意に理乃はそんな自分が馬鹿らしく思えた。

考えたところで、今日みたいにフラれるのならまさしく時間の無駄だし、なにより自分が惨めでつまらないものに思えた。

結婚相談所で知り合い、一年かけて距離を縮め、手順通りにそろそろと考えていた理乃より、職場の飲み会帰りにヤッてしまった後輩が仁川の花嫁に選ばれてしまうなんて。

結局結婚なんて、先にセックスをしたかしないかで決まってしまうものなのだろうか。

「それに、私も悪かったんだと思います。結婚の条件が一致すれば大丈夫だとばかり思っていて、相手を口説くことに考えが及んでませんでしたし」

とはいえ、男女がどうやって事に及ぶのかまるで見当がつかない。デートまでならドラマだの漫画だのでわかるが、その手の駆け引きなどまるでわからない。

だとしたら次も同じことが起こる可能性はある。それは嫌だ。

「でも異性を口説くってどうすればいいのか……」

どうしたら駆け引きを学べるのだろうか。

真面目な相手と真面目に結婚したいのに、それが難しいと言われてはもうまったくわからない。

「恋愛の参考書とか読めばいいのか、教習所のようなものに通うべきなのか」

そんなものがあるかどうかは不明だが、もう縋れるものには縋りたい気分だ。

「姉や母のように、もっと適当に考えたほうが上手く行くんでしょうか……だったら、私、不真面目で馬鹿で適当になります」

真面目で真剣に考えたら難しいというのなら、いっそなにも考えずに身一つで体当たりしたほうが上手くいくのでは？　と、普段の自分なら絶対やめときなさい。姉や母のようにクズを引くリスクが上がるだけよ！　と悲鳴を上げそうなことまで考えてしまう。

すると、隣でウイスキーを舐《な》めていた柊木が微妙な顔をして口を開く。

「参考書とか教習所とか。そもそも不真面目になるなんて日々城には無理だろう。できるなら俺はこんなに悩まない」

きっぱりと否定された上、こんなに悩まないと言われるほど堅物だと言われた気がした理乃は、酔いもあってか妙に意地っ張りな気分になってしまう。

「できますよ」

計画もないのに断言した途端、間髪いれずに問い返された。

「どうやって」

すかさず横槍《よこやり》を入れる柊木に対し、理乃は一瞬たじろいだが、すぐに胸を張ってコンプレックスをさらけだす。

「そうですね、まずは処女を捨てます！」

思いつくかぎりの不良行為を口にした途端、グラスを傾けつつあった柊木が吹き出したが早いか咽《む》せて咳《せ》き込《こ》む。

それを横目に、理乃は自分が先ほど口にしたことが、まるですべての正解であるように顔を輝かす。

（そうよ。経験がないからわからないというなら、経験すればいいことじゃない！）

若くて可愛いは今更無理だが、処女のまま結婚しようというのが堅苦しく難しいならば、捨てて、経験者となればいいだけだ。

もともと処女に対してさほど価値を見いだせず、どころか、この年になって未経験というのもなかなかに口にしづらいなと感じていたこともあり、理乃は己の考えにすがりつく。

「経験者となって新たな目で婚活を見れば、活路が見いだせると思うんですよね」

「……お前な」

軽く流していた髪が落ちかかるほど咽せていた柊木が、カウンターについた肘の上に顎を乗せ、ほとほとに呆れた顔をする。

「初めてぐらい、好きになった奴のために……」

「いえ、私、恋愛する気はありません。クズ男に引っかかるリスクは最低限にしたいですし」

結婚相談所が万全というわけでないと今日思い知った訳だが、それでも一時の感情で惚れた腫れたと騒いで浮かれ、相手をよく知らないまま振り回されるのはごめんだし、その末に借金をこさえて家族に負担をかけるのも嫌だ。

今までの経験から頑《かたく》なになっている己に気づきもせず、理乃は正解を得たとばかりに浮かれる。

「お前、酔いすぎだぞ。送って行くから今日は」

「生憎《あいにく》、私は酒は強いほうです。この程度なら平気です」

よく考えもせず酔っ払いが口にする台詞を言っているあたり、かなりの重症なのだが、正解を得たと勘違いのまま勢いづいている理乃はわからない。

どころか顔を輝かせた上に笑顔の大安売りをしつつ、何度もうなずき柊木に御礼を述べる。

「ありがとうございます、先生！　おかげでなにか吹っ切れた気がしました。そうなったら善は急げです。後腐れなく体験できるようなところを慎重に探してですね……それから、うーん、予算はどのくらいなのか調べて出るのかなあ」

真剣に〝脱処女計画〟を語り始める理乃の横で、沈痛な面持ちとなった柊木が頭を抱えているが、未来に浮かれている理乃本人はまるで気付いていない。

「ネットで調べるのが早いですかね？　それともアプリを通すほうが？　あ、ひょっとしてそういうのを斡旋《あっせん》してくれる組織とかあるんですかね？」

矢継ぎ早に質問をする。冷静であれば、それは女性向け風俗とかいうやつでしょとの自己ツッコミを入れる――というか、こんな上等のバーで口にする話題じゃないとブレーキが掛かるものだが、レディーキラーの異名も高いカクテルを五杯も決め、完全に目が据わっている理乃には抑制という単語が欠けていた。

「こうなったらおちおちしては居られません。二十代で居られる時間は今も減っていっている訳ですし。早速行動します！」

鞄《かばん》を持ち、カウンタースツールから尻を浮かせる。

(そういえば飲み代はどうしよう。今、置いていったほうがいいけど、財布の中身がやや寂しいから、後日にしたいけど、後日にしたら多分受け取ってくれなさそうだし)

仁川と寝取り女に対し五千円を叩き付けてきたこと、帰りにタクシーを使うことを考えると、どのぐらい渡せるだろうか。足りるだろうか。

そんなことを考えつつ動きを止めていると、力強い手が腕を掴む。

「ひゃっ」

「なにが、ひゃっ……だよ、お前」

常にない柊木の乱雑な言葉遣いに加え、お前呼ばわりされてしまい、天変地異の前触れかと目を瞬かす。

恐る恐る相手を見ると、どこか腹の据わった表情でじっと理乃を見つめている——というか、睨んでいる。

「あ……バーではしゃぎすぎましたね」

なんでそんなに腹を立てているのかわからず、ありえそうな理由を口にした途端、そうじゃないと否定された。

「あぶなかっしいな、本当。極端から極端に走るというか……。このまま放置していたらその辺で行きずりの男に奪われかねないだろう。そうなったら死んでも死にきれない」

(そこは寝覚めが悪いの言い間違いでは……?)

死んでも死にきれないとは大げさだなあと思いつつぼんやりする。

柊木はなおも低く囁《ささや》くような声でぼやいているが、酔いが回り始め理乃の頭には半分も意味を汲《く》み取《と》れなかった。

「第一、行きずりなんてリスクが高いにも程がある。わかってんのか。まったく」

柊木の薄く眇《すが》められた瞳に、ぞくりとするほど鋭くどこか艶めいた光が宿っているのに視線を奪われ、理乃は身動きもできない。

「いくぞ」

カードを出しつつ柊木に言われ、思わずきょとんとすると、彼はどこか気まずげに舌打ちし、そんな必要もないほど近い距離だというのにわざわざ耳元に顔を寄せてきた。

「処女を捨てたいんだろう。なら、相手が俺でもいいはずだ」

内容を理解するより早く、背筋がぞくんとわななく。

だが不快ではない。どころか心地よい痺《しび》れさえともなっている気がする。

ついでに言えば、柊木の低い声が妙に身体の芯に響いて、知らず理乃は体温を上昇させる。

(でもいいの?　私は秘書だけど、本当の役目は……)

柊木が変な女に引っかからないようガードするという裏の役目が頭をよぎる。

だがそれも一瞬でしかない。

たとえここで柊木と体験したとしても、おそらく一回こっきりのことだろう。

なにせ彼は誰もが認める美貌に加え、外科医としても優秀だ。冷淡すぎる性格は難点であるが、それさえも魅力だという女性は多い。

体験して、学び、そして忘れたことにしてしまえば問題ない。

――自分は大丈夫だ。母や姉のように男に振り回されたりしない。失敗事例は嫌というほど学んでいるのだから、しっかりしていれば問題ない。

アルコールで飽和状態となっている理性でなんとか結論を出し切ると、理乃は渇いた喉で返事を述べる。

「は……い」

消え入るような声で同意した途端、柊木がさらに距離を詰めてきた。

ほとんど肩が触れあう位置で異性と隣り合うなど初めてで、戸惑いと恥ずかしさで指先から項までが熱を持つ。

酔い以外の理由で火照り朱に染まりだす自分をどうにもできないまま、ただ馬鹿みたいに突っ立っていると、柊木が腕を握る指に力を込めた。

痛みを感じるギリギリの強さで握られた腕から、服越しにじんわりと男の熱が染み入ってくる。

そのことに妙にドキドキしている間に完全に席を立たされ、腕だけでなく腰まで手を回されてしまう。

（わ……）

背中から腰へと覆《おお》い被《かぶ》さるように、理乃を逃さしたくないと言いたげに包み込む熱に胸がときめく。

自分より高い上背、少しだけ速く大きな足取り、なにより腕から伝わる体温と、彼が纏う緑の深い香りに理乃は陶然としてしまう。

柊木のリードは強引で力強く、ともすれば不快感を感じてもおかしくないはずなのに、理乃はなぜか安心感や逞《たくま》しさといった好ましい感情だけに満たされる。

そうして、ふわふわとした足取りでフロントへ、そこから高層階にあるクラブフロア直通のエレベーターへと二人で移動する。

小さな鉄の箱が一階に到着するベルの音が小さく鳴り、そのことではっとしたときにはもう、箱の中で柊木と二人きりで理乃は少し緊張してしまう。

強ばった肩でそれを見抜いたのか、柊木は繋《つな》いでいた手を離し、背後から両肩越しに腕を伸ばしそのまま理乃を抱きすくめる。

びくんと身を強ばらせたのも一瞬で、男から与えられる熱と抱擁感に気持ちがほだされる。

ヒールを履いている自分より、さらに頭一つ高い。

もちろん、柊木のスタイルが抜群であることは熟知していたが、それは情報としてであって、こうして体感すると、より大きくそして優しいのだとわかる。

動き出したエレベーターの中で抱きしめられるまま、少しだけ柊木に体重を預けていると、無言で理乃の肩に顔を伏せてた柊木が不意に横を向き、ほとんど耳朶《じだ》に触れんばかりの位置で唇を動かす。

熱い吐息が肌に触れ自分の鼓動の大きさに驚いたのと、柊木がなにかを呟《つぶや》いたのは同時だった。

だからなにを言われたのかわからない。わからないけれど、とても甘くて大切なことを言われた気がする。

肋骨《ろっこつ》の檻《おり》から飛び出さんばかりの激しさで収縮し、どくんどくんと鼓膜どころか頭まで震わす音を立てる心臓に服の上から手をあて、喘《あえ》ぐように呼吸を紡いでいると、乗った時と同じ音がしてエレベーターのドアが開く。

ちらりと見た階数表示が十四階――クラブフロアであることにぎょっとする。

親が経営する美容外科グループの非常勤医師を兼ね、なおかつ役員の籍を持っていることもあり、柊木は一般的な大学病院の医師の数倍以上の収入があることは知っていた。

が、いくらなんでも秘書の脱処女にクラブフロアのプレミアムスイートを押さえるのはやりすぎだ。

思わず足が竦《すく》むが、そんな理乃に気付くが早いか、柊木が包むように肩を抱き込んできた。

「どうした」

「ど、どうしたもこうしたも、ここ、クラブフロアじゃないですか」

階数表示を見落としたとしても、エレベーターホールから客室に繋がる通路に、ギリシャにある神殿を模したデザインのセキュリティゲートがあり、くもり一つないガラスが無用な人物の侵入を拒んでいる。

うろたえた理乃がガラスの自動ドアと柊木を交互に見つめるも、彼はどうして理乃がためらっているのかわからないといった様子で小首を傾げる。

「その、あの……お金を掛けすぎです！　こんな私なんかのために」

——男に捨てられた女のためには贅沢《ぜいたく》すぎる。

言外にそう匂わせ俯くと、柊木がふっと鼻を鳴らし笑い飛ばす。

「私なんか、か。だったらやはりここを選んで正解だな」

「え」

「日比城は日比城が思う以上に魅力的だ。正直、ここでも申し訳ないぐらいにイイ女だ」

空元気で普通を装っていたものの、内心では女としての矜持《きょうじ》をズタズタに傷つけられていた理乃に、この一言は甘く煮詰めた毒のようによく効いた。

(その気にさせるためのお世辞なのに)

普段は女性に冷淡な柊木が、低く甘い声で睦言《むつごと》を囁くのが心地よい。

流されてしまえば後悔するとわかっているのに、心が勝手に蕩《とろ》かされ、雰囲気に抗《あらが》えなくなってしまう。

「行こう。それとも歩けないのか？　だったら抱えていこうか」

いままで見たことないほど楽しげにからかわれ、理乃は顔を真っ赤にして頭を振る。

夜のクラブフロアは人気がなく、日中は和装のアテンダントが常勤するホールには誰もいない。

かといって柊木にお姫様抱っこされて平気な訳もなく、崩れそうな膝に力をこめて一歩進む。

すると魔法のようにごく自然な仕草で柊木が理乃をエスコートし、流れるように押さえていた部屋へ——プレミアデラックススイートと呼ばれる部屋へ誘導される。

中に入った途端、理乃は今の状況も忘れ浮かれた歓声を上げてしまう。

薄暗い室内に、溢れんばかりに細かな光が散っては瞬いている。

それが銀座を中心とする東京に並び立つビルの夜景だと気付いた途端、眺めの広大さに言葉を失う。

大都会を箱庭にして宝石箱へ収めたように、輝きは多種多様な色に満ちあふれ、それらを直線で区切るビルの輪郭がスタイリッシュだ。

ハイクラスホテルの常と比べれば、十四階は高層だと言えないが、逆に天井までビルの光が続き並ぶ光景は、上から見下ろすのとはまた違った迫力がある。

一拍遅れてキーカードが部屋のスイッチに差し込まれ部屋が明るくなると、今度は内装に目を奪われた。

柔らかな毛足も豊かな深紅のカーペットに、時代を感じさせる飴色《あめいろ》の家具。明治という和洋折衷の時代に落成し、今まで続いてきただけあって全体的な印象は重厚かつ歴史を感じさせるものなのに、磨き上げられた木目の艶がなんともいえないモダンな空気を醸し出している。

柊木の出張に付き合って同じホテルに泊まることはあったが、部屋はいつも別々で、だからこんなすごい部屋を目にするのも初めてで、なんだか夢のような気がしてしまう。

覚束《おぼつか》ない足取りで窓まで近づき夜景を眺めていると、日比谷公園が作り出す影の部分に柊木の姿が浮かび上がる。

「日比城……先にシャワーを浴びてくるといい」

興奮しているのか、わずかに掠《かす》れざらついた声が見えない手となって耳のあたりを撫でていく。

そのことにぞくりとし、唇をわななかせていると、戸惑いと誤解した柊木が窓越しに苦笑を見せながら続けた。

「俺は用意があるから。……妊娠したくはないだろう?」

「……ぁ」

相手の興奮に煽られ、理乃まで声を上擦らせ喘ぐと、男の喉仏が上下する。

唾液を飲み干したのだと理解した途端、かあっとした熱が身体を燃やす。

——妊娠したくはないだろう?

その言葉に、これから行う行為をまざまざと意識させられて、理乃は耳まで朱に染めつつうつむきく。

そうだ。柊木はもとより理乃を抱くなんて想像もしてなかったに違いない。だから、用意がないのも当然で――。

フロントなりコンシェルジュに持ってこさせれば、処女の理乃はいたたまれないだろうと気遣ってくれたのだ。

その場面を想像した途端、無理！　と羞恥心に悶《もだ》える自分が心中で叫び、理乃は一つうなずいて、逃げるようにバスルームへと飛び込む。

御影石《みかげいし》と大理石を組み合わせたモダンな浴室はもちろん、ジェットバス付きの浴槽や柔らかなバスタオルの感触もろくにわからないまま、理乃は汗を流し濡れてしまった髪を軽くまとめる。

服を着るか下着だけかと迷ったが、これからやることをやるのであれば、できるだけ柊木に手間をかけさせてはと気が回り、素肌にバスローブを羽織っただけでパウダールームを出る。

安息椅子やミニバーもあるスイートルームのダイニングテーブルの上には、理乃が部屋を出た時にはなかったシャンパンの瓶があり、柊木が夜景を見ながらグラスを傾けていた。

柊木は湯にのぼせがちなままぼんやりしている理乃を認めると同時に、長い指で支えていたシャンパングラスをテーブルへ置き、ミネラルウォーターのボトルをあけて中身をワイングラスへと注ぐ。

「喉が渇いただろう」

言われ、はじめて自分が声を出せないほど喉が渇いていることに気付く。

火照った肌をそのままに、ぼうっと柊木を見つめていると、彼はみたこともないほど優しい微《ほ》笑《え》みを浮かべ、そっと理乃の両手にワイングラスを握らせる。

「酔いは覚めただろうが、もう酒じゃなく、こっちを飲んで待っていろ」

グラスの前にセッティングされていた椅子を引いて、まるで王女さまにするような手つきで理乃をそこに座らせると、まるで幼子をあやすみたいに、二度、軽く頭を叩《たた》かれた。

湯のせいとも雰囲気ともいえないのぼせにぼうっとしてなすがままに座らされた理乃は、持ったグラスをどうすればいいかわからず唇を引き結ぶ。

その仕草になにか心惹かれるものがあったのだろうか。柊木は少し目を大きくした後に、ふわりと、薔薇の花が開くみたいな高貴で美しい笑みを浮かべ、理乃の額に唇を落とす。

「すぐ戻る」

どうして恋人同士みたいなキスをしたのか、その真意を聞くより早く身を翻され、理乃は一人残されたダイニングでミネラルウォーターに口を付ける。

まろやかで癖のない液体が、喉をすべって身体に染みる。

(コンビニで売っているものとは味が違う)

冷たくてほのかに甘くて、最後に花の芳《かぐわ》しい香りが鼻を抜けていく。

ふとみればボトルには薔薇の繊細な浮き彫りがされており、ただのミネラルウォーターではなく、ローズウォーターだったのかと気付く。

飲みやすく、ものすごく味がいい。

水に薔薇の花びらから出たエキスを混ぜているだけだろうに、まるで違う飲み物のようだ。

随分高そうだなと、テーブルの上にある銀のワインクーラーへ目をやれば、王冠のようなラベルをもった瓶が——先ほどまで柊木が飲んでいたシャンパンのボトルが首を出しておりぎょっとする。

高級クラブやホストクラブで出され、華やかな味わいとラグジュアリー感があると知られる酒で、当たり年でいい葡萄《ぶどう》ができた時しか製造をしないことで有名だ。

さすがに三十年以上熟成させる最高品ではないようだが、それより若い飲み頃——プレニチュードの酒でも、理乃たち親娘三人の食費一ヶ月分は固い銘柄だ。

だとすると、この水もそれなりのお値段がするのではないだろうか。

恐れ入り——すぐに、今更気にすることでもないかと苦笑する。

瓶を開けて口をつけた以上返品などできないし、なにより柊木は、この手のもてなしを遠慮されることを嫌がる。

ありがたく水を口に運び、火照った身体を冷やしていると、徐々に理性も戻ってきた。

(本当に、するのかな)

柊木と、男女の行為をする自分というものを想像しようとしたが、どうにも頭に浮かばない。部屋に来て、シャワーを浴びておいてなにを今更と笑われそうだが、性行為どころか男女交際さえ未体験な理乃には、これからどうすればいいのかまるで見当が付かず、それゆえに好奇心と不安と羞恥が手の施しようもないほど混じり合い、理性の働く余地もないほど膨張していた。

（ええと、まず会話して、キスして、抱き合って？）

母や姉が酔っ払った時に語る赤裸々な体験を必死に思いだそうとするが、いつだって肝心なところをぼかされ、うふふと笑われていたのでわからない。

こういうのは男に任せればいいという説もあるが、誘ったのは理乃である。ならば理乃からリードしなければならないのだろうか。何一つわからないのに？

（できるの、かな）

ごくりと喉を鳴らし、知らず下唇を軽く噛む。

柊木は仕事上のパートナーだ。それ以上でもそれ以下でもあってはならない。

それが秘書という仕事を続けるための大前提——雇い主である柊木の父、柊木貴青の意向で、この仕事を続ける以上、心に刻んでおかなければならない掟《おきて》だ。

もちろん、柊木の外見に感嘆はするし、医師としての勤勉さは尊敬しているが、男として考えたことはない。そう。今晩までは。

（抱かれて、いいのかな）

成り行きから柊木と身体を重ねることとなったが、その事実をすべて受け入れきれている訳ではない。

むしろ、親しい間柄を飛び越え、いきなり男女関係となることに対する妙な緊張ばかりが走る。

一晩だけのこと。体験すれば終わることと自分に言い聞かせるが、そう単純に割り切れるものかどうか。

風呂上がりとも、酔いともちがう熱が身を覆い、先を怖《おそ》れる処女の心がシャワーでほぐれたはずの筋肉を強ばらす。

いつのまにか肩へ力を入れ俯いていた理乃は、音もなく開いたバスルームからダイニングへと戻る男の足音に小さく身を跳ねさせる。

「そんなに緊張するな。……といっても無理か」

まだ髪を乾かしているのだろう。俯いた視線の先で男が素肌に纏ったバスローブとタオルの端がゆらゆらと揺れる。

「あ、の……」

やっぱり、やめましょう。と言いかけると同時に、もう一人の自分が〝それでいいの？〟と問いかけてきた。

恋愛やセックスがなくても、互いに対する理解があれば結婚できると粋《いき》がった結果、結婚前提にお付き合いしていた男性を若い女にかっさらわれた。

そして理解ある理想的な男性だと思っていた相手が、まったく理想的ではないクズであった事実に打ちのめされた。

——道化のような立ち回りを強いられるのは、もう嫌だ。

知らないから奪われ、わからないから理解できないというのなら、体験するしかない。

恋愛は無理だとしても、セックスの一つや二つ！　などと気勢をあげたものの、現実に対峙《たいじ》した途端、どうしていいかわからずうろたえている。

「あの」

「俺だって緊張している」

かぶせるように言われ、はっと顔を上げれば、肩にバスタオルをかけ、頭を振って毛先の滴を散らす柊木の姿が目に入る
（わ……）

細かなしぶきが室内照明の光を受け輝く中、濡れていつもより暗い色となった栗色の髪が乱れ、額やこめかみあたりに張り付いているのが、なんともいえず色っぽい。

そんなラフな姿をした柊木を見るのは初めてで、理乃は動悸《どうき》を覚えた。

半ば伏せがちにした目元に長いまつげの影が落ちるのも、左目の際に小さなほくろがあるのもいつもと同じなのに、感じ方がまるで違う。

——異性。

そう、いままでは仕事相手というドライな存在だったものが、急に熱と質感を伴い現れたような迫力に気圧《けお》され、知らず口と目を開いてしまう

理乃が気付かなかった、いや、見て見ぬ振りを貫いていただけで、柊木はこんなにも男なのだという事実に内心でうろたえていると、彼は椅子の上に座る理乃を両腕で閉じ込めるようにしながらテーブルに手を突く。

「……水、足りなかったか？」

言われ、柊木の視線を追えば、空になったワイングラスを包み込む自分の手が目に入る。

「そう、かもしれません」

少しだけ掠れ上擦った声で言うと、柊木は外科医らしい長い指を器用にあやつりテーブルの上のボトルを取り、片手で蓋を開けると、理乃をからかうような笑みを浮かべたあとで大きく呷《あお》る。

目の前で水を飲まれ、喉の渇きと身体の火照りを強く意識させられた理乃が、唇を尖《とが》らせようとしたその時。

ボトルを掴んでいたはずの指が喉に触れ、するりと撫《な》で上げた後に顎を掴む。

抗えない力によって上向かされた理乃が、文句を言おうと視線を相手へ向けた時だ。

大きな影が差し、濡れた髪の感触が額を撫で、それから唇に柔らかく熱いものを感じた。

それが柊木の唇であると気付いたと同時に、彼の指先によって顎の付け根をくすぐられ、思わず唇を開いてしまう。

男の口腔《こうこう》を満たしていた清水が、繋がる部分からとろとろと口内へ流し込まれる。

「ん……」

無理矢理ではなく、萎《しお》れた花に少しずつ慎重に与えるように水を含まされ、理乃はあらがうことなくそれを飲む。

こくり、こくりと自分の喉が鳴って飲み干すと、息継ぎのように唇が離れ、新たに水を含んだ男がすぐに自分のそれと理乃の唇を重ねと繰り返す。

そうしてボトルの水を飲み干し、空となった口腔になんのてらいもない動きで男の舌が挿入される。

「ん、ふ……ぅ、ん」

ひいらぎ、せんせ。と言ったはずなのに、なぜか甘い鼻声だけが抜け響き、理乃はかあっと頬を火照らす。

恥ずかしい。と同時に理由もわからぬ高揚感が腹の奥を鈍く疼かせる。

焦《じ》れったいほどの時間をかけて、男の唇から潤いが流し込まれていく。

ほんのりと薔薇の香りがする水は、口腔に入ると同時にひんやりとした冷たさを感じさせるが、それも一時のことで、絡まる男女の舌により攪拌《かくはん》されるにしたがってとろみと熱を増していく。

まるで蕩かされた蜜のように滑らかさとぬるさを持つ液体が、喉から胃へと伝い落ちるごとに、心臓が知らない歓喜に鼓動を逸《はや》らす。

柊木の舌遣いは滑らかで、それでいて強く、理乃が戸惑いに舌を止めれば、あやすようにそっと表面を撫でてはすくい上げ、誘うように側面を舐《な》め回《まわ》す。

まるで捉えどころがない。一時だって動きを同じにしない舌戯《ぜつぎ》にただただ翻弄され、滑る唾液ごと口腔のそこらを蕩かされていく。

テーブルの上に突かれていた柊木の右手はいつしか離れ、指先が理乃の後頭部へと触れる。

そのまま探るように湿った髪の毛をかき分け、頭皮を優しく刺激され心地よさにうっとりしてしまう。

指はやがて項《うなじ》へと移動し、焦らすような動きで熱を持った首筋をたどり、ふと離れたかと思うと脇をくぐって背へ当てられる。

大きな手で肩甲骨の間を押されはっと息を呑《の》むと、瞬く暇もないほどの速さで柊木が身を屈《かが》め、椅子から所在なげに下がっていた足の膝裏へと腕をくぐらす。

「んっ、ふ……うわっ」

キスに意識を奪われていた理乃は、唐突に身体を襲った浮遊感に驚き口づけを解いた時にはもう、しっかりと身体を支えられたまま男の腕に抱き上げられていた。

「やっ……、ちょっ……柊木、せんせ！」

驚きのあまり声を上げれば、目の前にある柊木の形のよい喉仏が上下に細かく揺れ、実に楽しげな笑い声が吐息となって耳朶をくすぐる。

こそばゆさに身を竦めつつ、お姫様抱っこという恥ずかしい姿勢がたまらず足をばたつかせていると、上機嫌な声色で〝こら〟と咎《とが》められた。

「危ないぞ」

「だったら下ろしてくださいっ」

「嫌だね」

赤面しつつ訴えるが、相手はまるで聞かず、どころかますます強く理乃を抱きすくめた挙げ句、首筋に顔を埋めバスローブの襟元から出ていた肌を軽く吸う。

「んっ……ぁ」

爪先で摘まむに似た刺激に身を竦め、なんともいえない痛がゆさに身を震わせている間に、柊木はためらいもなく立ち上がる。

ホテルの名前を冠するスイートルームのダイニングは広く、理乃が住んでいるワンルームマンションなぞ丸ごと余裕で呑み込めるほどなのに、柊木ときたら、腕に理乃を抱いていることさえ忘れたように悠然と部屋を過《よぎ》り歩く。

そうして寝椅子の脇で半分開かれていたベッドルームの扉を、外科医らしい足癖の悪さで蹴り開けた。

室内は薄暗く、明かりと言えば窓越しの夜景のみでどんなインテリアかはわからない。

しかしそれでも部屋の中央に鎮座するベッドの輪郭だけははっきりしており、圧倒的な存在感を見せつけていた。

ダブルどころかキングサイズとおぼしきベッドを目にした途端、いよいよこれからするのだという不安と緊張から喉を鳴らせば、大丈夫だといいたげに柊木が優しく理乃の額にキスをする。

――また、恋人みたいな仕草。

頬に朱が散るのを見られたくなくて手をそっと当てれば、驚くほどに肌が熱く、理乃は自分が興奮していることに気付く。

おかしい。変だ。セックスなんて誰でもやることで、アレとアレを合体させるだけの共同作業でしかないのに、どうしてこう心も身体も落ち着いてくれないのか。

自分で自分をコントロールできないなんて、きっと初めてだ。

脳がこうしろと命じるより速く、肉体が勝手気ままに反応しては戸惑いと混乱を煽り、いたたまれない気分が高まる。

なにより変に恥ずかしい。しかも照れる。そのくせどこかで期待もしていて、理乃はもう訳がわからない。

どこへ視線をやればいいのか、柊木にどう触れればいいのか。疑問ばかりの頭で考えていると、まるで壊れ物のガラス細工を扱うように、柊木が理乃をベッドの真ん中へと降ろす。

羽毛布団のふわりとした感触がし、一拍おくれ、音もなくスプリングが揺れ動く。

「わ……」

肢体を受け止めてなおきしみ音一つ立てないベッドの柔らかさと、デュベカバーのさらりとした感触に心奪われたのもつかのま、投げ出した足の間から夜の冷えた空気が素肌を撫でたことにぎくりとする。

焦りつつ太股をすりあわせ、身動きしたことで開いたバスローブの襟元をかき寄せていると、悠然とした動きで柊木が上からのし掛かってくる。

まるで肉食獣が獲物を捕らえるように四《よ》つん這《ば》いで、理乃の身体を己が四肢に閉じ込めてしまうと、彼はふと笑う。

「怖いか」

気遣うような声色に鼓動が跳ねる。

——怖いか怖くないかといえば怖い。これから自分の身になにが起こるかわからない不安は今まで感じたことがないほどに強い。

同時にこれでいいのかという自問が湧く。

自分は柊木の秘書だ。一夜の過ちを犯してなおその立場を固持できる強さが自分にあるのだろうかとの怖れだってある。

(何事もなかったように、変わらずにいられる?)

酔いでぼんやりとしてまとまらない頭で考えてみても、まるでわからない。

酒のせいかキスのせいか、頭の中はあやふやで思考はまとまらず、何一つ気の利いた言葉が浮かばない。

どう答えるべきか。

目を閉じ、常識だの社会人としての倫理だのを一つ一つ取り払い、心の奥底をさらけ出して自問自答するうちに、理乃はシンプルな答えに辿《たど》り着《つ》く。

——知りたい。

この行為によってなにが得られるのかを、自分がどう変わるのかを、なにより柊木貴紫という一人の男を。

仕事で見る冷淡で有能な外科医という姿とは違う、ただ一人の雄としての姿を見せつけられ、当惑しつつも理乃は無意識のうちに惹きつけられていた。

——仕事以外でどんな顔をするのか、どういう風に〝女〟を扱うのか。そして、自分をどう思っているのかを。

その感情がなんというかぼんやりと気付いていたが、言葉にしてしまえば取り返しが付かなくなりそうで、だから理乃はおずおずとためらいがちにうなずく。

「怖い、ですけど、やめたく、ない」

地味で堅物な秘書としてではなく、素のままの自分で気持ちを補足すると、いい子だと言う風に柊木が額へと唇を落とす。

ありがとう、と言葉なく柊木が囁いた気がしたが、それも震える男の吐息が与えるくすぐったさですぐ忘れてしまう。

食《は》むように、あるいは感触を味わうように唇を滑らせ、額から鼻先、頬と、顔の至る所にキスの雨を降らされ、理乃は知らず微笑む。

まるで陽だまりでまどろんでいるような多幸感が、キスされた部分から身体の内部へと染み渡っていく。

猫がじゃれるようなキスを繰り返し、理乃がくすぐったさに身を捩《よじ》るに任せつつ、柊木は左手で自分の身を支え、女の身体に圧をかけないよう気を遣いつつ、残る右手でゆっくりと、手触りを楽しむように理乃の髪を梳《す》き広げていく。

少しだけ湿り気を帯びた黒髪は、デートにそなえてトリートメントをしていたためか、まるで絹糸のように男の指の間をするすると滑り、真っ白なシーツの上へと散らされていく。

「綺麗だ。……ずっとこうして解いてみたいと思っていた」

並み居る美女よりよほど顔立ちが整っている柊木からそんな風に言われ、理乃は照れくさいやら、おかしいやらで喉を震わせ笑ってしまう。

「リップサービス、ですか」

ふふっと笑みをこぼせば、見たこともないほど柔らかな笑顔で柊木が頭を振る。

「お世辞が言えるほど器用な男じゃない。知ってるだろう」

もちろん知っている。だが、秘書に見せる顔と女に見せる顔は違うかもしれない。いや、違うのがあたりまえだろう。

それでも、大切に愛《いと》おしげに髪を梳いてはうっとりと目を細める柊木の姿に、乾き砕かれた女心が徐々に潤されていく。

ほう、と息をついて目を閉じ身を任す。

すると、理乃の身体から緊張が抜けたことに気付いた柊木が、髪から頬へ、それから喉へと手を滑らせ思わせぶりな仕草でバスローブの襟を爪で掻き辿《たど》る。

素肌に触れるか触れないかの距離で布地の際をなぞっていた男の指先は、胸の稜線《りょうせん》へ差し掛かったと同時に動きが止まった。

「うん？」

意外そうな声を上げられドキリとすると、柊木は嬉しげに鼻を鳴らし問いかける。

「下着を身に付けていないのか」

言われ、自分がバスローブだけを肌に纏っていることを思い出し、理乃は身体を熱くする。

「……あの、おかしい、ですか」

こうして肌に触れられることどころかキスさえも初めてだった理乃は、自分が間違ったことをして柊木の興を削《そ》いだのではと不安になる。

「ふ、普通は脱がない方がいいとか、ぬ、ぬ、脱がす楽しみが欲しいとか、あったら、ご遠慮なく、言って、いただけ、だければ」

初心者なだけでなくなんの知識もなく事に及んだため、やらかしたのかと焦りどもる。

同時に、下着をつけておくべきだったか。素っ裸にバスローブなんてやる気満々ではしたないとか、遠慮がないと思われないだろうかと焦り、身を捩り隠す。

柊木は全身を使って布の合わせ目を閉じようと身をくねらす理乃を見て、びっくりするほど目を丸くし、わずかに顔を逸らし照れたように告げる。

「いや。そういう気遣いは可愛いよ」

言いつつ、手で口元を隠す。おまけに耳まで真っ赤にしていて、なんだか理乃まで恥ずかしさが倍増してしまう。

「なんというか、想像の斜め上というか、初々しくてたまらないんだが」

「す、すみません」

ぎゅっと目を閉じて身を小さくしていると、柊木は理乃を優しく抱きしめてから耳元で甘く囁く。

「謝るな。……嬉しすぎて、可愛すぎて困ってるだけなんだから」

喉を震わし笑いながら、たまらないと言いたげな仕草で頬ずりされる。

柔らかく、時々硬い頬骨が当たるのがなんだかくすぐったくて、心地よくて、ぼうっとしながら身を任せていると、柊木は悪戯《いたずら》じみた仕草で耳朶を唇で食む。

「ひゃっ」

「ほら、そんな仕草も可愛い。……好きだよ」

不意打ちに〝好き〟といわれて心臓が止まる。

(す、好きってどういう……)

自分と柊木は上司と秘書の関係で、お互いを異性として意識したことはない。いや、少なくとも理乃は今日まではそうだったし、柊木に至っては女性全般に対して距離を置いている。

にも拘わらず好きと言われて、その意味をとらえかねていると突如として耳朶を甘噛みされ、身をびくつかす。

「……驚くようなことか」

くすくすと面白げな笑いで語尾を飾りながら、柊木はからかうように耳朶から耳殻と耳の周囲をついばみ口づけする。

くすぐったさとも痺れともつかないものに肌をざわつかせながら、理乃は胸をかき合わせる手に力を込め、息を詰める。

――そうだ。柊木の〝好き〟が恋愛的なものであるはずがない。あれはきっと理乃の物慣れない様子や反応に対するもので、そうでなければ、男女の駆け引きとしての言葉であって、深い意味はない。

(セックスの時は勢いで好きとか愛してるとか言う男も多いって、見聞きするし……)

勘違いしそうな自分がその答えに飛びつく。

動悸が落ち着いていくのに安堵しつつ、なぜか虚しいほどの切なさに戸惑う。

その戸惑いを行為によるものと受け取ったのか、柊木は大丈夫だと言う風に理乃の頭をなでつつも徐々に愛撫《あいぶ》を強めだした。

滑らかな動きで理乃の髪を解き梳いていた指先はやがてうなじへと移動し、首筋の形を確かめるように何度も指先が上下する。

硬く乾いた男の指先が与える刺激に素肌を慰撫《いぶ》され吐息をこぼせば、気をよくした動きで指はバスローブの襟をくつろげだす。

まるで薔薇の花びらをはぐみたいな繊細さで柔らかなパイル地と肌の境目を辿っては広げていた柊木は、襟が完全に首から離れた瞬間、思わぬ大胆さで掌《てのひら》を背へ押しつけ滑らせる。

不意打ちの刺激に身をわななかせたのも束の間、皮膚同士が直接触れる感覚は想像以上に心地よく、不安と警戒に凝り固まっていた身体が解けていく。

理乃の肩や腕から強ばりが抜けだすに従って、柊木の手はより躊躇《ちゅうちょ》なくバスローブの下へと潜り込み、背中から肩、脇を通って鎖骨へと至ると同時に左右の襟を大きく開いた。

「あっ……！」

空気が触れる感覚で襟の合わせから乳房があらわになったことに気付いた理乃は、恥ずかしさのあまりうろたえる。

驚いた心臓が一際大きく跳ね、それと同時に丸い二つの双丘も揺れ、余計に鼓動が急いてしまう。

あわてて両手で胸元を隠そうとしたが、それより柊木が理乃の上腕を押さえつけるほうが早かった。

「なんで隠そうとする」

「だっ、だって……！」

秘書として言葉遣いを取り繕う余裕もなく、理乃が素のままに声を上げると、柊木は触れるだけの可愛いキスを何度か繰り返し、反論を封じてしまう。

「綺麗な乳房だ。……張りのある稜線、柔らかでまろみのある下乳」

言いながらその部位を爪先で辿られる。するとむず痒《がゆ》いようなもどかしいような感覚が爪痕からじわりと広がり理乃は思わず下腹部に力を込め震える。

色を含んだ目で理乃がわななく姿を視姦しつつ、柊木は肉食獣じみた仕草で唇を舐め、最後に残された場所へ指をちかづける。

「そして、ピンと立った乳嘴」

「あぁっ」

告げると同時に人差し指で軽く弾かれ、刺激の強さに背が浮く。

まだ誰にも触れさせたことがない場所は、甘い責め苦に顔を歪めた理乃の視界でふるりと揺れて、弾かれた衝撃が伝わるに従い芯を持つ。

「まだ柔らかいな。……でも、すぐに硬く感じるようになる」

戯れに何度も軽く指で弾き、揺れ膨らむと中心にあるくぼみに爪を埋め、違う感覚で理乃の気を翻弄する。

「んっ、ふ…………う。あ」

自由になった左手の甲で口を塞ぐ。そうしなければ柊木の手の与える感触のままに甘く淫らな声がこぼれそうで、それがいやらしい気がしたからだ。

だけど彼はそこで手加減する気はない。どころか、反対側はどうかな？ などと楽しげに告げると、今度は左の乳房に同じ愛撫を施す。

まるで見えない火に炙《あぶ》られているように、胸の部分が焦れてたまらない。

ただ肌をひっかかれ、胸の中心にある蕾《つぼみ》を弾き揺らされているだけなのに、身体全体がうずうずとしたものに襲われる。

触れられているのは左の乳房だというのに、先ほど弄ばれた右の膨らみも妙に疼くのはどうしてか。

そっちだけじゃなく、両方触れてと訴えるように重みと感度を増すのをどうにもできなくて首を振れば、淫らな動きで双丘が揺れる。

「両方してほしいか」

胸から手を離されほっとしたのも束の間、横に傾けた首筋の、脈打つ血管を爪で掻かれ、理乃は口から嬌声《きょうせい》をこぼす。

「ひぁ……あ、あ！」

んんと呻《うめ》き、首を左右に傾け逃れようとするのに、男の爪は迷いなく理乃の薄い皮膚を——その下で脈打つ動脈を辿り掻き、早くと仕草で答えを急かす。

「首だけでもこんなに感じるなんて、本当に可愛いな。どうしてやろうか」

はあっと熟れた吐息をこぼされ、その熱が胸元をかすめた瞬間、理乃はきつく身を竦ませ、薄く開けた目で柊木を睨む。

可愛いなんてはずない。どころかこんな淫らな姿をさらさなければならないなんて、どう考えてもみっともない。

なのに身体は理乃の理性に真っ向から逆らい震え、感じ、体温を上げていく。

もう顔だけでなく、喉元から乳房まで淡い紅に染まっており、すりあわせた太股はじっとりと汗で湿りだしていた。

——興奮している。こんなことで。

驚きと同時に気が上がる。

恥ずかしいのに、見られたくないほどいやらしい反応をしているのに、心はどこまでも貪欲に燃え立ち逸《はや》る。

女として見られている。その事実に知らない自分が嬉しげに身をくねらす。

誰からも女として見られなくてもかまわない。だって恋愛などしないのだからと虚勢の鎧《よろい》を纏っていた自分が、今、自ら悦《よろこ》んで、その鎧を脱ぎ捨て身を投げだそうとしている。

それは悔しいはずなのに、どうしてか解放感が先に立つ。

いつもの自分と全然違う。そのことに心を混乱させている間に、我慢の限界が来たのか、柊木が美しい顔に色を纏わせながら唇を歪め笑う。

「降参。……可愛すぎて、色っぽすぎて、我慢できなくなった」

言うなり両手で乳房を包み込み、その柔らかさを試すように筋張った男の指を柔肉に添える。

「んっ、あ……、やん、だ、め……ッ」

「駄目じゃない。言っただろう。我慢できなくなったと。もっと可愛いところを見せろ。声を聞かせろ。俺だけのために乱れ啼《な》け」

普段と変わらない命令口調、なのに冷淡さなど欠片《かけら》もなく、低く掠れた声は理乃のみならず柊木も昂《たか》ぶりだしていることを知らしめる。

膨らみの形を探るように擦り、全体を揺らされ、どんどんと巡る血流が逸りだす。

喘ぐように吐く息は驚くほど熱く、理乃は自分の身体がどうにかなったのではとさえ思う。

くすぐったいほどの密やかさで触れ撫でていた指の力は徐々に強められ、いつしか男の指が乳房に沈み、次の瞬間、根元から尖端《せんたん》をくびり出すように絞り込まれた。

「はぁッ、あ」

不意打ちの力強さに喉を反らす。

そのままリズミカルに胸を波打たされ響く快感に身を捩れば、再び焦れったいほどの優しさで撫で触られ、かとおもえば爪でむず痒い刺激を残す。

一時として同じ動きで慣れさせない男の手に翻弄され、理乃は甘い切なさに目を眇め身をわななかす。

呼吸の間隔が次第に狭まり息苦しいほどなのに、乳房はやるせない疼きに震え、たわみ、わないて揺れる。

身じろぎして逃げようとしても無駄で、まるで理乃の動きを読んだように柊木の手は追いすがり、捕らえ、愉悦の沼に理乃を引きずり込もうとする。

たまらず頭を振ると、ほどけた黒髪が千々に散って広がり、その一筋が桜色に染まった肌に落ちる様が妙に淫靡《いんび》でいやらしい。

「んっ……うッ」

絡みつく快感にじっとしていられず、背を弓なりにし身悶《みもだ》えた途端、不意に柊木が身体をずらし胸の膨らみに頭を近づける。

あっ――と思った時にはもう遅かった。

理乃の呼気と同じほど熱された男の吐息が乳首をかすめ、痺れるような心地に一瞬我を忘れた時だ。

しっかりと揉み絞られた乳房の尖端で揺れていた胸の尖りが、柊木の口に含まれて理乃は大げさなほど手足をびくつかす。

温かく滑る口腔は乳首はおろか乳輪までもを内に含み、そのままざらりとした舌の表面で硬く勃ち上がった先を舐め上げる。

得も言えぬ媚悦に身体のあちこちがびくびくと跳ね、脇に下ろしていた手が力の限りにシーツを掴む。

歯で根元を支えるようにして乳嘴の側面を硬くした舌先でなぞられ、未知の感覚が花開きだす。

苦しくて切ないのに、甘くて心地よい。

もうしてほしくないのに、もっと強い刺激をと身体が飢える。

弄《いじ》られているのは胸だけのはずなのに、そこから響く淫らな感覚が思考を蕩かし、腹奥をどうしようもなく疼かせる。

すりあわせた下肢は力の込めすぎで痙攣しだし、へそ裏にある子宮から滲《にじ》むものが未開の隧道《ずいどう》を滴り始める。

見えない快楽の糸に操られ、理乃の背がベッドから浮き柊木に乳房を捧《ささ》げるように大きく張り出すと、含む尖端を右から左へと変えられる。

眉間に皺をよせ身悶えながら目を細め開くと、男の唾液に濡れた乳首が薔薇色《ばらいろ》に染まりふるりと揺れる。

淫靡な光景に瞳を大きくすれば、それに気付いた柊木が、思わせぶりな仕草で指を伸ばし、理乃に見せつけるようにしてそこへ触れる。

「ひあっ……あ、ああっ、あ」

絶妙な力で摘まみ、ひねられ、理乃は信じられないほど甘い声を喉からほとばしらせ四肢をわななかす。

なにもかも、一時として同じ感覚に慣れきれない。指と舌で転がされるのでも全然違うのに、乾いた肌を擦られた時と、濡れぬるついた今では、まるで感じ方が異なっている。

鼓動を逸らせ、肌を汗ばませるほど翻弄されているのに、どうしてかもどかしい。

もっと触れてほしい、もっと強く奪ってほしいと、そんな衝動が頭をいっぱいにしていく。

駄目だ、淫らでいやらしい。でも、もっとしてほしい。

触れられたくないのか、触れられたいのかすらあやふやになっていく頭の中で、理乃は愉悦の奔流に流されまいとあがき喘ぐ。

男が美味しそうに乳房にかぶりつく様に心乱され、犬歯を肌にたて噛《かじ》られると痛みとは違う感覚が腰裏をぞくぞくと痺れさせた。

そうやって左手と口で双丘へ奉仕しながら、柊木は右手を脇から腰へとさかんに撫で続け、理乃が一際大きく啼いたと同時に頭をへそまで滑らせた。

普段意識などしない、腹の真ん中にある小さな窪《くぼ》みを舌でくじられた瞬間、大きなうねりが腹奥にある子宮を震わす。

「ああ……ッ、ん」

耐えきれず逃げようとした腰を両手で掴まれ、そこから甘い蜜が湧いてるのだと言いたげな執《しつ》拗《よう》さでへそのへこみばかりを責められ、理乃は快感を逃すこともできずただただ嬌声ばかりを放つ。

媚《こ》びた女の声が自分のものだと自覚した瞬間、理乃は頭から湯気が出そうになった。

どうしてこんなに感じるのか、理性ではままならないほど身体が蕩けていくのか。わからぬままに反応してはいたたまれないほどの恥ずかしさに襲われる。

「ここ、感じるんだな」

さらりとした栗色の髪を肌に滑らせくすぐりながら、柊木が愉《たの》しげに笑う。

いやらしいと言われたようで、かっと顔を赤くし目を潤ませれば、拒む必要などないと告げるように頬へと手が伸ばされた。

顔を包み込む男の手の大きさと温《ぬく》もりに、すがるようにすり寄れば、可愛い、とまた呟かれる。

「たまらない。想像以上に愛らしく、綺麗で……敏感な理乃」

伝えるというより思わずといった調子でこぼされた柊木の賞賛に、彼が一度であったとしても、理乃を女として見た瞬間があるのだと気付く。

途端、男を頑なに拒むように擦り合わされていた太股から力が抜けて、とろりとしたものが未開の合わせ目を湿らせる。

「あっ……」

その場所が濡れる理由に気付き、うろたえた声を上げると、柊木はこの上なく優しく甘い微笑みを投げかけてきた。

「怖がらなくてもいい。ごく自然な反応で……俺にとっては好ましい」

初めてなのに濡れるものだろうかとか、濡れたらふしだらと思われまいかと怯《おび》えていた心の一部をいとも容易《たやす》く解されて、理乃ははあっと媚熱を吐いた。

それがどれほど艶めいて男の目に映るかなどまるで計算しない、純粋で、それだけに不埒《ふらち》な色香が辺りに散って、部屋の空気を濃密にさせる。

柊木にもその変化が伝わったのだろう。

彼の目に宿る情欲の光が一層鋭さと輝きを増し、ごくりと音をたてて唾を呑む。

愛撫の最中にはだけただろう柊木のバスローブの合わせ目からは、鍛えられた見事な胸筋が覗いており、理乃の蕩けた視線を受けて大きく、力強く隆起する。

うっとりしてしまうほどに逞しい雄の姿を前にして、理乃は知らず微笑んでいた。

——素敵だ。一度だけでもこの人に抱かれることが。

そう思ったのか感じたのか。定かでないままに手を差し伸べ、女のものとは違う、直線的で硬い骨の浮く鎖骨に指を触れさせる。

人に不慣れな野生の獣じみた動きで、柊木がぶるりと身を震わせ頭を振る。

乱れた髪が額に落ち掛かり、鎖骨にあった理乃の指先が胸元まで落ちると、男の心臓が鼓動する度に猛々《たけだけ》しさを増していくのが伝わった。

上司だとか秘書だとか、そういった常識や役割が剥落《はくらく》し、男と女が剥《む》き出しの発情を抱え向き合いだす。

努めて冷静さを装いつつ、だが抑えきれない熱情に唇を震わせ柊木が低く囁く。

「理乃」

腰が砕けそうなほど色に満ちた声がうなじから尾てい骨までを甘く痺れさす。

そのまま陶然とした眼差しを投げかけ首を傾げれば、彼は真剣な目をして問い乞うた。

「触れてもいいか」

どこに、と聞かずとも本能で理解した。

今までの口づけや愛撫など児戯にすぎず、まだ性そのものの場所にはほとんど触れていないと。

処女の臆病さで身を震わせ、だが、一拍おいてうなずけば、柊木は照れくさそうに笑い、ちゅっとリップ音をたてて理乃の額に口づけた。

「ゆっくりやろうな。……初めてだから痛い思いをさせてしまうが、この夜を辛い記憶にはさせたくない」

初めての理乃を気遣いいたわる言葉に、胸の奥で甘酸っぱさが弾け溢れる。

きゅんとへその奥が疼いて、たまらない気分にさせられた理乃は、〝はい〟と返事をする代わりに、柊木の頭をかき抱き、幼子の仕草で頬ずりした。

「理乃、……理乃」

この世でたった一つの呪文みたいに名を繰り返しつつ、柊木は両手を女の頬から肩、それから腰へと滑らせ、ゆったりとした動きで太股を慰撫し開かせる。

すくみがちな身体を怖がらせないよう、酷く時間を掛け膝を立たせ左右に割ると、そこに自分の腰を滑り込ませ、がんばったなと言いたげに膝頭にキスを落とす。

そうして少しずつ未開の地を開き、感じさせながら、唇は顔や耳へと絶え間なくついばみ、くすぐったがらせつつ笑みを交わす。

恋人のような仕草と表情で甘やかせられながら、理乃は徐々に戸惑いや不安を脱ぎ捨て、女でいることに慣れだしていく。

それでも、薄い下肢の草叢《くさむら》をかき分け指が股の間に沿わされた時は、驚きにびくんと身体が跳ねた。

「大丈夫だよ。大丈夫……」

一瞬だけ瞳に走った怯えの色を見逃さず、まるで生まれたての赤子をあやすような口調で柊木は理乃の耳元で囁き、気を逸らさせる。

そうしながらも指はじりじりと合わせ目へと下り、ぴったりと合わさった花弁の上で動きを止める。

誰も触れたことのない秘裂に男の指から熱と質量がもたらされる。

「あ……」

そこはまだ、とためらいを述べようとした唇はすぐに柊木に奪われ、最初より深く濃密なキスでかき消される。

舌で唇の合わせ目をなぞり侵入していくのと同じ緩やかさで、淫唇の上に置かれた指に圧が加わっていく。だが、理乃がそれに気を奪われる前に乳房から脇、太股と柊木の左手がソフトなタッチでかすめ撫で、心をなだめる。

やがて左右に捲《めく》られた肉の花弁の間から蜜がこぼれ、甘酸っぱくつんとした香りを周囲に放つ。きつすぎる花の香りにも、あるいは動物の体臭にも思える匂いは、それ自体が媚薬《びやく》のように頭をぼうっとさせる。

「んンッ」

つぷっ——と、柊木の指が理乃の内部に侵入し、違和感に身じろいだのも束の間、まるでそうなることが当たり前のように自然に深みへ差し込まれ、泳ぐ魚のように中を回遊しだす。

「あ、は……入って、……ぅッ」

未知の感覚に声を上げる間にも、指は少しずつ旋回し、力強く膣壁を押し、内部が反応し締まれば即座に退く。

そうして襞《ひだ》を数えるようにして少しずつ慣らしていた柊木は、人差し指の根元まで理乃に含ませきってから、絞った声で呟いた。

「狭い、な」

ぐっと喉を押さえた苦しげな声に、理乃は胸を高鳴らすと同時に切ない気持ちでいっぱいになる。

普段の冷淡さから考えられないほど柊木は紳士的で、何一つとして無理をせず、不慣れな理乃に寄り添って、ただただひたすらに優しく導こうとしている。

けれどそれは、男にとってどれほど理性を試されることか、我慢を強いることか。

気付いた理乃は、柊木の肩に腕を投げかけ頭を引き寄せ、怖れを振り切るように自分から舌を絡めだす。

受け身でいることで柊木が苦しむというのなら、自分なりに彼を楽にしたいと、損得抜きに、ただただ純粋な感情だけで思ったのだ。

不慣れで、ぎこちなく、知らず息を止めたましゃにむに舌を絡める行為は、だが長く続かず、理乃は息苦しさのあまりに唇を解く。

「無理を……」

「無理を、しないでください」

はあ、はあ、と肩を上下させ呼吸を継ぎつつ、柊木の台詞を奪う。

「私、痛いことより、激しいことより、先生が、苦しそうなほうが、辛い、です。だから……、挿《い》れて、ください」

切れ切れに伝える。

自分からねだる事はこの上なく恥ずかしく、相手の顔を見ることさえできず顔を肩口に埋め返事を待っていると、驚くほど熱を増した男の身体が理乃をきつく抱く。

「理乃」

切羽詰まった様子で名を呼ばれ、身震いするほどの歓喜と切なさが体内を駆け巡る。

羞恥はもはや限界を超え、身体が燃え立つように熱く肌も赤い。

それでも理乃は柊木にすがりつくことを止めなかった。どころか、急かすようにぐいぐいと自分の身体を相手に擦りつける。

柔らかい乳房が逞しい男の胸筋に押し潰されて形を変える。

尖ったまま戻らない乳首が相手のそれとすれ、思わぬ悦に隘路《あいろ》が締まると、そこに差し込まれていた男の指にぐっと力が籠もる。

「わかった。……少し、刺激が強いかもしれないが、一度こちらで達け」

理性が剥落しかけた荒々しい声が鼓膜を打ち、熱風となった吐息が耳に吹きかかり、びくんと理乃が身を跳ねさせたのと同時に、柊木の親指が素早く草叢をかき分け、割れ目の始端に埋もれていた淫芯をそっと押さえた。

痺れるような激しい快感にまた身が跳ねる。

だが、もう彼は退いたりしない。どころか、間断ない動きで神経の凝る女の尖りを指の腹で軽く叩き、捏《こ》ねだす。

「あ……、アッ、あっ、あああ、あ」

まるで楽器になったみたいに柊木の指の動きに合わせて喉から嬌声がほとばしる。

恥ずかしいとか、いやらしいとか、そんなことを考えることもできないほど、その場所から走る刺激は強すぎて、快感と苦痛がない交ぜになった疼きに身をのたうたす。

胸を弄られるより鋭い愉悦が腹奥に走るごとにどくっどくっと心臓が跳ね、男の指を含む場所が同じ動きで収縮し、尿意にも似た感覚が迫《せ》り上がってくるにつれて、ぬるつく淫液が男の指を、どころか手までを濡らしていく。

肌と肌が滑る淫靡さと蜜芽を掘り起こすように掻く指の容赦のなさに翻弄され、気を乱す疼きの激しさが怖くて知らず下腹部に力をこめれば、ますます、女の匂いが強くなり、男の指の動きも奔放になる。

「あ、あ、ッ……なんか、頭が、白く……変に、なる」

脳内と言わず視界と言わずバチバチと火花が飛び散って、快感を快感で上書きされるごとに頭が真っ白に塗りつぶされ自我がどんどん遠くなる。

それが怖くて強く柊木に抱きつけば、くっと喉で苦しげな呻きを上げつつ、彼は愛撫のスピードをさらに上げ、理乃を追い込んでくる。

蜜壷はもうしとどに濡れていて、じゅぷじゅぷと粘着質な音を絶え間なく上げていたが、喉を反らし、後頭部を枕に押しつけるように喘ぐ理乃の耳には届かない。

立てられた膝は痙攣に似た動きでわななき震え、ベッドへ押しつけた足の指がぎゅうっと強く丸まってシーツに皺を刻む。

唇はいつしかきつく引き閉じられ、男を抱く腕は力を込めすぎて痺れだしていた。

嵐に翻弄される小舟のような気持ちで、絶え間なく襲いかかる悦に耐えていると、蜜壷を行き来していた柊木の指がへそ裏から斜めに下がった場所にある、丸くしこった部分に触れた。

「ひあっ……ッ、あ、ああー！」

胸とも淫核とも違う熱と質量を持つ愉悦が全身を穿《うが》ち、理乃の背が大きくしなり腰が浮く。

異常ともいえる激しい反応に、だが柊木は驚きはせず、目的のものを見つけたように声を絞って一人ごちる。

「……ここか」

試すようにもう一度、すり、と中でそのしこりを撫でられ理乃は頭を振りしだく。

「や、そこ……無理、ッ、強、すぎ……っんんあああ、あああ」

発情した猫じみた声が二人きりの寝室に響く。

けれど柊木はまるで聞こえないように、蜜筒の中にある一点ばかりを執拗に責め、同時に親指で敏感な尖りを擦りたてる。

あっ、と短く声を上げたと同時に一瞬意識が飛んだ。

そして理性も本能もない身体が、ただただ無情なままに跳ね踊り、初めての絶頂に歓喜を示す。

急上昇した血圧が降下し、乱れた脈が少しだけ落ち着きを取り戻すのに合わせ、理乃の意識が戻りだす。

薄暗い中、夜景に照らされた男の身体が見え、それが柊木だと理解するのと同時に、彼が真四角のパッケージの端を加え、乱雑な動きで破りきると、獲物を放る獣のように頭を振って残骸を捨てる。

ドキリとするほど野性的でセクシーな姿に目を奪われている内に、男の股間で昂ぶり、そそり立っていたものに薄膜がかぶせられ、じりとした動きでのし掛かられる。

圧倒的な迫力に本能が逃げろと訴えていたが、初めて快感に呑まれ達した身体はどこもかしこも気怠《けだる》く、指一本さえ動かない。

されるがままに膝裏に腕を通され、そのまま両脇に垂らしていた手首を掴まれ、逃げようのない体勢にさせられた時だ。

しとどに濡れそぼった蜜口に、丸くつるりとしたものが当てられ、指などよりもっと激しい熱が肉弁に響く。

「はっ……ッ、ん」

声すら出せず鋭く息を呑むと、柊木は闇の中にあってなお輝かしい栗色の目をぎらつかせ宣言した。

「挿れるぞ」

ぐうっと、入口の肉輪が伸ばされる気配がし、ひりつく痛みがそこに走り、次の瞬間、ぶちゅりと卑猥《ひわい》な音をたてて張り出した亀頭が膣内へと押し込まれる。

「んくっ」

衝撃と内部から拡《ひろ》げられる苦しさをやり過ごそうと、理乃の腹筋に力が入り、異物を押し戻すように蜜窟の肉襞が収縮する。

けれどもう、男はそれを構うことなくぐいぐいと腰を進め、半分ほどを一気に含ませたかと思えば、鋭く退いて入口へ戻す。

衝撃と喪失を短い時間に味わわされ、正直、いつ処女の膜が破られたのかもわからない。

ただただ、自分の中に違うものがいることに心も頭も混乱していて、理乃は唯一自由になる腰を右に左にとくねらせる。

しかしそんなことをしても、男の肉槍が抜けるはずもなく、ずちゅっ、ぐちゅっと愛露をしぶかせる勢いで未開地を拡げ慣らしていく。

強引に押し拡げられる苦しさは、けれどそう長くはなかった。

指で執拗に可愛がられた部分を男の張り出したエラで押し捏ねられだすと、拒んでいたのが嘘のように内部が解《ほぐ》れ、どころかねだるように含む屹立《きつりつ》に寄り添い絡みだす。

そうなるともう苦しさも圧迫感もなく、ただただ、重怠《だる》く甘い——蜜の底なし沼に沈められたような、どろどろとした愉悦に全身が浸される。

突き上げられる衝撃は強く、爪先から脳天までを激しく淫靡に貫いては、やるせない震えとなって全身を縛る。

男の腰は一瞬として止まることなく、淫液ごと媚肉を攪拌する、ぐじゅっ、ぐじょっ、という卑猥な音に合わせ奥処へ奥処へと蹂躙《じゅうりん》を進める。

もう、なにがなんだかわからない。

敏感な部分を次々に刺激され、蜜口から蜜底までをまんべんなく男根で擦り上げ穿たれ、間断ない快楽に神経が悲鳴を上げる。

理乃の内部が抵抗しなくなったのをよいことに、柊木は一時として同じ手管を用いず、激しく穿たれたかと思えば、子宮口までぎっちりと満たしたまま、いやらしくこね回される。

指では届かなかった部分まで満たされ、理乃は喉をのけぞらせ喘ぐ。

「ああーっ、あ、あ……はぁアッ、あん」

闇にさらけ出された白い喉は、男にとってよほど艶めかしく美味《うま》そうに見えたのだろう、びくびくと震える声帯を大動脈ごと口に含んで、吸引音を響かせながら歯でしごく。

絶頂は何度も訪れ、過ぎ去っていくが、いつまでたっても終わらない。どころか女体を征服しきろうという欲に支配された雄は、雌となった理乃が意識を失ういとまをあたえず、新たな快楽を注ぎ、再現なく達させた。

抽挿は激しく、深く、もう限界と叫ぶことができないほど奥処まで満たされ、理乃はいつしか記憶することとさえ忘れた。

獣のようにガツガツと腰を振られ、最奥地を激しく貫かれ、理乃はただただ身も世もないほど悶え、わめく。

そうしてどれほど経っただろう。

理乃ッ、と吠《ほ》えるようにさけばれたと同時に男の腿《もも》が股間に叩き付けられ、爆《は》ぜた音を伴って子宮口に強い衝撃が与えられる。

痛みさえ感じてもいいほど苛烈な抽挿は、けれど限界を超えた愉悦となって理乃を穿つ。

と同時に限界まで密着した鈴口と子宮口の間で薄膜越しにどくっどくっと脈打ち精が放たれる。

射精は驚くほど長く、淫悦に堕《お》ちた女体を染めるかのようにどこまでも力強くほとばしり続け——理乃は、目を開くこともできないほどの気怠さの中、今まで一度として体験したことのないほどの多幸感と充足感に満たされながら眠りの世界へと誘われていった。

第二章

（さすがに無理をさせすぎたか）

失神するように寝落ちてしまった理乃の頬を人差し指でなぞりつつ、柊木貴紫は反省する。

だが後悔はしていない。

あの時、カフェバーから半泣きの顔で飛び出してきた理乃に会えずにいたら、どこぞの誰とも知らない男に奪われていたかと思うと、架空の話となった今でもふつふつとした怒りが――いや、嫉妬が――湧く。

行為後に理乃の身体を清拭《せいしき》し、二つあるベッドルームでまだ未使用だったほうの部屋へ運び、起きた時に喉を痛ませないようにと口移しで水を飲ませ終わって今、素肌をさらしあどけない顔で眠る理乃の隣で、柊木もまた一糸まとわぬ姿のまま寝そべっていた。

「本当に、慎重かと思えば大胆で、予想外で……目が離せないだろう」

苦笑しつつ柊木はまるで猫にするみたいに、人差し指の背で理乃の耳の裏を掻く。

相手はこちら側の気持ちや事情などまるで知らない顔で寝息をたてていたが、さすがにこの刺激はくすぐったかったのか、んんっと呻いて寝返りを打つ。

横向きとなった彼女を腕の中に閉じ込めながらデュベへと滑り込み、突いた肘の上に頭をもたせかけ、自分だけの眠り姫を見つめながら過去を思い出していた。


出会ったばかりの頃、柊木にとって日比城理乃という女は父が〝また〟勝手に押しつけてきた秘書という認識だった。

正直、最初の二ヶ月は名前どころか顔すら覚えず、会話も全部無視していた。ついでに言えば、どうせ秘書を付けなければならないなら、男性にしてくれと思った。

まず、柊木は女性が好きでない。

もちろん、仕事で接する分や友人として付き合う分には問題ない。だが、恋愛感情を持たれた途端、煩わしいと感じ冷淡になってしまう。

というのも今まで出会った女性達は、最初こそ柊木を異性としてではなく個である人として見てくれるものの、時間が経ち、柊木にまとわりつく背景を――柊木美容外科グループの御曹司であることや、モデルであった母親譲りの際だった外見の男が隣にいることを周りから賞賛されることに酔い、まるで麻薬にはまるように過剰に求めだし、しまいには自分だけのものにしようと画策しだす。

挙げ句、柊木本人の意志などおかまいなしに、私が彼女だと言い争ったり、自分のほうが親しいアピールで謎の序列を作っては張り合ったりと、醜いことこの上ない。

彼女らを前にしていると、柊木は自分が百貨店のショーウィンドウに飾られたブランド服になった気分にさせられるのだ。

中身ではなく服——生まれや容姿、将来手にするだろう地位、医師というブランドに焦がれ、手に入れることで人から賞賛されようとする。大切なのはそんなものより中身だというのに。

かくして女嫌い（正しくは恋愛拒否なのだが）になった柊木であるが、将来、長男である柊木に美容外科グループを継がせると決めている父にとっては、見捨てておけぬ問題のようで、一緒にいれば良さがわかるだろうと、女好きである自分の理論を一ミリも疑わずに、勝手に女性秘書を送りつけてくる。

才色兼備な秘書たちは、父親のもくろみを知ってか知らずか、例外なく柊木を獲物とみなし、あの手この手で媚びを売っては恋人ヅラでうろちょろするばかりで、ろくに役に立たなかった。

もちろん、中には秘書として頑張ろうとする者もいたが、三ヶ月もすれば発情した目で柊木を見ては、好きです、愛してますだのほざきだす。

病院でそんなことをされては迷惑でしかない。

大学病院の医師であると同時に、父が牛耳る医療外科グループの理事という特殊な立ち位置ゆえ、秘書がいれば助かる部分もあるが、それもまともに働いてこそである。

だから理乃が来て挨拶した時も、半分どころか一割も聞いてはいなかった。どうせ他の秘書と同じだと。

ところが三ヶ月を経過し、完全無視されながらも理乃は態度を変えず、どころかより効率的に秘書としての役目をこなすのみならず、日々、着実に柊木の仕事を――形成外科医という仕事を――把握し、先読みで必要な書籍や文献を用意する成長ぶりを見せつける。

最初こそ、文献が医局のデスクにきちんと整理されているのを見て、点数稼ぎが始まったとうんざりしたが、どれもが的確な上、驚くことに、柊木が研究や診療で主とする分野の論文に目を通している節がある。

これはなかなか根性がある。いままでこういうアプローチをしてくる女はいなかったなと、少し興味を持ったので、初めてまともに相手を見れば、前任までの秘書とはまるで毛色の違う容姿で驚いた。

一言にまとめると地味。平凡。

だがよく見ると小動物みたいな顔をしていて可愛いし、お団子頭にしてひっつめている黒髪は細く艶がある。

なにより姿勢と骨格がいいと感心したのは、形成外科医としての職業病だろう。

と同時に、父が彼女に与えた役割が今までの女性秘書たちと違うことを悟った。

女嫌いを矯正し、愛想よくさせることで柊木の広告塔としての価値を高めることは諦め、別の広告塔あるいは利益となる女性と見合いさせ、政略結婚させるほうへ舵《かじ》を切ったのだろう。

それについては面倒くさいなと思ったが、日比城理乃自身については認識を改めると同時に仕事相手として認めだすようになった。

理乃は、ずば抜けて優秀かといえばそうではないが、要求されることは全力でこなそうと切磋琢磨《せっさたくま》を怠らないし、より完璧に柊木をフォローできるよう、あれこれ気を配ってくれるところもいい。

なにより柊木は己の仕事に誠実で努力する人間が好きだ。

一日に数度——時には片手で足りる程度の——会話しかなくても、腐ることのない根性もある。

秘書として必要とされる場面ではしっかりと柊木を支え、そうでない時はいるかいないかわからないほど徹底して存在を消し、他の医療者の邪魔をしない。どころか、自ら進んで雑用を引き受けておきながら、これ見よがしに報告し手柄と自慢することもない。

これまでの秘書であれば、コピーやお茶の買い出しなど医局秘書から雑用を頼まれやったことをいちいち報告しては、私は柊木の秘書だから側を離れられないのにと愚痴ったり、あるいは、してやった自分はよい子でしょう？　と暗に自慢し褒美をねだろうとしてきたのに、理乃にいたっては、やったことすら気付かせず、他の医療秘書や医師から〝この間は日比城さんに頼んですまなかったね〟などと言われて、初めて気付く——つまり、柊木の気を惹く為ではなく、完全に、柊木の職場にとってよいと判断したことを、時間の許す限りこなしてくれるおかげで、医局の雰囲気は目に見えて柊木に友好的となり、仕事はますます円滑に回るようになって驚いたのを覚えている。

恐らく、根が善良かつ人がいい性質なのだろう。

家族から愛されているのか、うらやましいことだと考え――そこで、理乃の人柄に興味を持ちだしている自分に気付いたのが、出会って一年半後。

存外苦労人であること。親や姉が騙され背負った借金を返すために仕事を頑張っていることを周囲の噂《うわさ》で耳にし、手を貸してやれないかと思った頃には、彼女は秘書から〝日比城理乃〟という人間へと変わっていた。

それでも恋愛感情を持たれるのだけはごめんだと、過去の傷から意地を張って頑な態度を崩さずに居たが、彼女と働きだして二年目と二週間後に起きた事件で、その考えは砕かれた。


――VSDの患児がヘリで移送されてきた。可能であれば、新生児集中治療室へ行ってくれないか。

医師としての自己鍛錬と、形成外科を選ばざるをえないよう追い込んだ父への反発で、日頃から頻繁に出入りしていた救命救急センターのセンター長から電話で乞われた瞬間、ああ、永い夜が始まったなと思った。

VSDとは心室中隔欠損症で、心臓の真ん中にある壁に穴が存在することで、血液中の酸素と二酸化炭素の交換ができなくなる病気だ。

胎児であるときはへその緒を通して母親から酸素や栄養の供給を受けているため問題にならないが、出産により自発呼吸――自分の肺で呼吸をしだすことにより、体内の酸素濃度が低下し、様々な症状を引き起こす。

とはいえそう珍しい病気でもない。程度の差はあれ百人に一人ほどは見られるもので、成長に従い改善するものがほとんどであるし、そうでないものは小児外科あるいは心臓外科による手術で改善可能なものだ。

だが、ヘリで移送されてきたとなると話は違う。

いつものごとく同僚から夜間救急担当を引き受け待機していた柊木は、スクラブの上から白衣をはおりつつ、人の途絶えた病院通路にでる。

白い裾が足にまとわりつくのが視界に入り、亡霊の手のようだなと嫌な妄想に囚われたことを振り切るように、早足で勝手知ったる大学病院の中を進み、新生児集中治療室へ足を踏み入れれば、予想通りの光景がそこには広がっていた。

心電図モニターの規則的な音、目に痛いほど白い光。酸素が共有される密かな機械音。

一つの新生児ベッドの前で、青い顔をしてうなだれる若い――研修医か専修医だろう女性医師。

「柊木先生」

「代わる。君は所属へ戻れ」

涙の痕を隠すこともできないほど憔悴《しょうすい》した女性医師には目もくれず、その手にあったタブレットを奪い指紋認証を終わらせると、まだ居たのかという目で睨んでやった。

すると彼女はひどく気まずそうな顔をして、ナースステーションへと逃げ込んでしまう。

それを残された足音だけで察しつつ、表示された患児のカルテに目を通した柊木は、自分の予想が正しかったことを知り、気が重くなる。

VSD、出産直後に呼吸停止。胸骨圧迫——心肺蘇生《そせい》により呼吸は復活するも、心肺蘇生時に肋骨で肺を損傷。

ただでさえ酸素が足りない中、肺出血により呼吸も阻害され、結果、脳室内出血などの心停止後症候群を発症した。

本来であれば、移送後、柊木が属する大学病院にて新生児心臓外科手術が行われる予定であったが、ここに来て両親が手術への同意を拒否。

自分の意志で手術を受けるか決められない乳児や小児は、その保護者が代わりに同意判断をすることになるため、手術に入れず保存治療中——となっていた。

まあ、理解できなくはない。

一時的とはいえ死に瀕《ひん》し——脳への血流が停止し——ていたのだから、仮に手術が予定通りに終了し、心室と心房に空いた穴を塞ぎきれたとしても、今後どんな障害が出てくるかわからない。

心臓の病だけでも重いのに、手術が成功しても、脳機能不全による麻痺《まひ》あるいは言語障害が残るとなれば、ためらう両親を責めることはできない。

そして、手術は同意を得ずに行うことはできない。というのも、人の身体にメスを入れるという行為に同意がなければ、それは〝傷害〟でしかないからだ。

災害時や緊急時、戦場など、一部の特殊状況を除いて、医師が勝手に自己判断で手術することはできない。

それゆえ、子どもは最善の医療を尽くされながら両親の同意を待つことになる。今にも息絶えそうになりながら。

――永い夜。

言ったのは同期か先輩か。ありきたりであるが上手い表現だなと思う。

目の前には命を救えるだろう患者。

だが、救うことがいつも最良の結果をもたらすとは限らない。いっそ死んでいたほうがマシだと思う苦痛を背負う人生を送ることになるかもしれないし、そうでないかもしれない。

だが、死ぬよりはましだと考えなければ医師としての己は揺らぐ。

刻一刻と死へ近づいていく無力な赤子を前に、手を出すことさえできず見守るだけのこの時間を、誰が言ったか〝永い夜〟と呼ぶのだ。

（今頃、救急センター長と、心臓血管外科部長か産科部長あたりが説得に入っているだろうが）

生まれたばかりの赤子を見つめつつ思う。

本当なら喜びに包まれ、祝福の言葉に溺れ、笑顔を浴びて眠っているだろうに。

触れれば壊れてしまいそうなほど小さな手を震わせ、腕に痛々しく点滴を受け、今にも尽きそうな命の焔《ほのお》を燃やす姿は、医師として、こんなやるせない夜を数度は過ごしてきた柊木でも慣れることはないし、変わらず重い。

まして研修医であればなおのことときつかっただろう。

だが可哀想《かわいそう》にとは思わない。

いずれその時が、永い夜を一人で耐え、己に問いかけ、罪悪感の鞭《むち》に耐える時は来る。遅いか早いかだけで。

供給されてもなお足りない酸素、悪化し続けるモニターの数値、そして生命が停止したことを告げるアラームと、救命のための少しの慌ただしさ。

最後に、手からすり抜けていく命。

やるせない虚しさと抱えきれない徒労感に押し潰されそうになりながら、新生児集中治療室から出れば、待合のソファで座っていた日比城理乃が立ち上がったのが目の端に見える。

また、今夜も俺に付き合っていたのか。

ご苦労なことだと、偽悪的な思いで薄ら笑いを浮かべる。

窓の外を見れば、夜明けの始まりである淡い藍色がビル群の合間から徐々に広がりつつあった。

ああそうか。夜が明けるのか。そういえば今日は土曜日で——親が勝手に決め、その意向を受けた教授の命令で出演するテレビの仕事があったか。

そんなことを淡々と考えつつ、なぜか理乃と真っ向から向き合うように立つ。

思えば、自分の無力さに苛立《いらだ》ち、やさぐれ、誰かに責められることで、俺のせいじゃないと反発したいという甘えがあったのかもしれない。

「お疲れ様でした」

いつもと変わらず淡々とした理乃の声に、ふと息を落とし嗤《わら》う。

「別になにもしていない。なにも、な」

どういう事情で柊木が新生児集中治療室に居たのかわかっているだろう理乃に、嫌味たらしく告げる。

——残念でしたと言うつもりか？　それとも両親が承諾しなかったのが悪いと言うつもりか？　間に合わなかったのは先生の責任じゃないと慰めるのか？

医師の気持ちも、生んですぐ過酷な判断を迫られた患児両親の気持ちも分からないくせに！

完全に八つ当たりだとわかりつつも、勝手に理乃の言葉を推測し内心で怒鳴っていると、彼女は変わらず平静な顔のままちらりと新生児集中治療室の入口を見て。

「……次に生まれてくる時は、もっと健康で幸せであればと祈るばかりです」

ぽつんとそう言った。

「次？」

予想外の言葉を鸚鵡《おうむ》返しする。輪廻《りんね》転生などあるかどうか定かでないものを信じているのかと笑いかけ、そうでないと悟る。

願っているのだ。本当に。

あの亡くなった赤子の魂が本当に再びこの世界に訪れるのか、そうでないかは重要でない。

これから生まれてくるだろう同じ症状の子らが、あるいは違う症状で死に瀕する者、どうかすれば今生きている者に対してでも彼女は、心から願っているのだ。

――希望あらんことを。幸多からんことを。

真っ直ぐに柊木の視線を捉え、曇りなく透き通った瞳で理乃はうなずく。

「……次があったとしても、救うのは小児外科か心臓血管外科の奴らだ。俺じゃない」

あまりにも純粋で美しすぎる理乃の眼に、自分の不純な部分を――医師という道や形成外科という仕事を望んだわけでもないという腐った気持ちを見られてしまったようで、それが恥に思えて反発すれば、彼女はくっと顎を上げて窓の外を見やる。

「それでも、オペでできた傷痕を小さくし、よりよい人生を送れるように、幸せな人生を歩めるようにと手を尽くすのは、形成外科の領分かと」

今更聞くまでもない。教科書にすら載らない基本を口にされ――そこで初めて柊木は、知識と現実が違うのだと理解する。

確かに他の科と違って、形成外科は生死に関わる医療分野ではない。だが、命があるだけでは、人は生きているとは言わない。

たとえば交通事故で切断された手指を再生することや、癌《がん》で失った乳房を再建すること。重すぎるまぶたで狭まった視界を取り戻すことは、生きることに問題はないが、生活することには、活《い》きることには大きく貢献する。

父が手がける美容外科も、己の美醜に悩む者に対し活きる手段を与えるという意味では同義であり、それはＱＯＬ――人生の豊かさを高めるものだ。

登り始めた朝日が、日比城理乃の横顔を希望の女神のように美しく輝かせ、照らし出していくのに見蕩《みと》れながら、柊木は初めて、己の仕事の本質を、その欠片を捉えた気がし、美容外科など、命を救うことに貢献しない分野などと見下していた部分があったことを猛省する。

と同時に、初めて、日比城理乃を女性として――いや、かけがえのない一人の人間として意識しだす。

そこからは早かった。

どうして今まで彼女の魅力に気付かなかったのだろうと首をひねるほど、急速に彼女へと惹かれ、その仕草の一つ一つに心を揺らし、半年も過ぎればそれが恋だと自覚した。

人間として初めて抱く感情にうろたえ懊悩《おうのう》し、なんとか彼女のプライベートに踏み込めないか、距離を縮めることはできないかと画策するも上手くいかない。

日比城理乃はいつでもよくできた秘書であり、女である部分を決して柊木に見せない。

飲みに誘っても顔を出すのは医局の新年会や忘年会だけで、それも仕事のうちだからとアルコールを一切口にせず、送って行こうかと水をむけても「柊木先生をご自宅へ送るまでが秘書の仕事ですから」とあっけなく流される。

地方学会に出張した折、地元でないのだからと食事でもと言えば、「予約はお一人分ですか？　それとも他の先生もお呼びに？」などと返される。

誘いたいのは君だ！　日比城理乃！　と、頭を抱えてうずくまりたくなる柊木を余所《よそ》に、地元の居酒屋だかコンビニで買った弁当だかで食事を済ませられ、そんなに俺は魅力がないのかと眠れない夜を過ごしたのは数知れず。

なんとかして個人的な時間を取って、大手美容外科医院グループの跡継ぎとしてでもなく、むろん、顔でもなく、自分自身を見てほしいと思った。

だが、自分自身を見てくれる女が現れて初めて気付く。

——俺の魅力ってなんだ？

金と顔と医師であること以外になんの取り柄がある？

その疑問が正しいというように、理乃は柊木に対するのも他に対するのもまったく同じ態度な上に無表情。

これから惚れてもらえばと気を取り戻すが、気付いた時から女が寄ってくるのが当たり前な人生だったため、好きな相手の口説き方というものがまるでわからない。

駄目押しに、彼女が結婚相談所に登録し、そこで出会った男性と結婚前提のお付き合いをしていると知ったのは半年前。

間が悪いどころの騒ぎではない。もう、いますぐにでも彼女が手に届かない人妻という存在になってしまう現実に頭を抱えて悶絶《もんぜつ》していたところに、昨日の出来事だ。

基本的に理乃の休みは日曜日と柊木が研究日である水曜日となっている。

だから昨日の土曜日も仕事な訳だが、病院の業務自体は休みであるためそう忙しくはなく、朝のテレビ出演が終わればイベントやパーティへの顔出しだけで終わってしまう。

それでもその日だけは、時間が押して遅くなってしまえばいいと内心思っていた。

というのも理乃の誕生日だったからだ。

二十八歳、結婚を前提に付き合って一年と少し。クリスマスもバレンタインもなにもなかったということは、今日、なにかアクションがあると嫌でも読めてしまったからだ。

なのに仕事は予定より三十分しか長引かず、いつもより浮かれた様子の理乃を横に帰りの車で溜息を我慢する。

——間が悪い。

人生で初めて好きになった女への思いを自覚した時には、相手はすでに別の男と結婚前提で付き合っているという状況。

これが惚れた相手で互いに愛を感じているのであれば柊木の出る幕はない。涙を呑んで諦め、忘れる努力をするだけだ。

だが相手は結婚相談所で希望が一致しただけの男というのがもう、なにも言えない。

いっそ奪ってやろうかとさえ思うほど鬱屈した思いを抱えているうちに、柊木はつい口を滑らせてしまった。

「日々城はいつ結婚する予定なんだ」——と。

いずれは知ることになるだろう。ひょっとしたら披露宴に呼ばれることさえありうる。だが、彼女が自分以外の男の横でウエディングドレスを着て笑顔となる姿を見るのはあまりにもキツすぎるし、その後、人妻となった理乃を秘書として側においておくのは辛すぎる。

なので密かにその時が来ても大丈夫なよう準備していたのだが、あからさまにニヤニヤされ、上機嫌な様子をしている理乃を見せつけられて、我慢できず聞いてしまった。

今まで、こんなプライベートな質問はしたことがない。というか、する隙を与えてもらえなかったので、相手が戸惑う様子がありありと伝わってきて、車内は奇妙な空気に満たされる。

あわてて、セクハラとかそういう変な意味ではなく、誕生日だからなにかあるだろうと聞くと、相手は嬉しそうにするより先に、変にうろたえた様子でご存じでしたかなどと抜かしやがる。

——知らない訳ないだろう。誕生日だぞ。

もし予定がないようなら、誕生日を理由に食事へ誘い、そこで思いを告白し、あわよくばとホテルまで押さえていたのだ。

もっとも、朝っぱらからウキウキ気分の理乃を見て、告白して自分がという強い恋の炎は水どころか、消火器の噴射を浴びたようになえ、息絶え絶えとなっていたが。

彼女は柊木の質問に対し、控えめに〝大事な話があると言われた〟と、照れ笑いしつつ答えていたが、誕生日に大事な話なら十中八九プロポーズだろう。

半分やさぐれ気味に、そうか、プロポーズされるのか。と吐き捨てれば、彼女はまるで聞き分けのない子どもを前にした母親みたいな微苦笑となり、大事な話としか聞いてないと締めくくった。

その後、住処にしているタワーマンションまで送られ、すぐに冷水でシャワーを浴びる。

車内で理乃が見せた恥じらう様子や照れた顔が浮かんでは消え、浮かんでは消え、どうしてあれが自分のものにならないのだと悔しさばかりが募る。

酒でも飲んで忘れるのも情けない気がして、晩飯をどうするか。デリバリーでも頼むかとスマートフォンを手に取って気付く。

地方学会にでるため出張した折、迷子になったりすると面倒だからとお互いのスマートフォンには位置情報共有アプリがインストールされていた。

ゴクリと唾を呑んで開けば、理乃の住む家から移動し始める点が明滅している。

――俺から理乃を奪う男の顔を見てみたい。

別に昔の映画のように攫《さら》っていこうとか、奪いたいとかではない。

よほどのクズではない限り、二人の行く末を祝福するのが男だろう。

だが、どうせ諦めるなら彼女が一番幸せそうな笑顔を目に焼き付けておきたいと思った。そんなことをすれば一生忘れられない恋になって、後々後悔すると頭では理解しているのに。

被虐趣味か。と自分で自分にツッコミつつ手早く着替えて家を出て、一番最初に見かけたタクシーを捕まえ後を追う。

土曜日の夕方とあって都内はどこも渋滞気味で、間に合わないかとやきもきしたが、運よく理乃が店に入るところでタクシーが到着する。

精算を済ませ、悪目立ちし、不審者と思われても構わないと店内を探すが、これまた混み合っていてよくわからない。

二人きりなら窓際だろうと考えていたがまるで見つからず、店の真ん中ほどで理乃らしき姿を目にしたがなぜか三人着席中で頭に疑問符が飛び交う。

――なんだ、どうした？　姉妹でも連れてきたのか？　プロポーズに？

わからず中へ入って確認するか迷っていると、突然立ち上がった理乃が水を一気飲みし、その後ものすごい勢いで店から出てきた。

満面の笑顔で、涙を堪えた瞳をして。

自分が傷を負ったように胸に鋭い痛みが走る。とてもではないが放っておけない。

彼女を捕まえ、安全な――彼女が好きなだけ泣ける場所へ連れて行かねばと考え、無意識的に押さえていたホテルへ連れ込んでいた。

告白しよう。

この時は本当に無我夢中で、正直、研修医時代に遭遇したオペ中の大量出血より、当直中のコードブルー——心肺停止状態の要蘇生患者発生通知——より、内心は混乱し焦りきっていた。

いきなり部屋はまずいかと、バーへ連れ込み落ち着かせようと話を聞けば、理乃が結婚を前提としていた男は、見事なクズであることが判明した。

まてよ、これは千載一遇のチャンスなのではないか。

告白しよう。失恋につけいることになっても構わないと、段取りを頭の中で練りつつ理乃の話を聞いて頭のメモ帳に記入するという離れ業をやってみせれば、なにをどう飛躍したのか、今にも飛び出し、道端でぶつかった男とラブホテルに駆け込みそうな勢いで、処女を捨てればいいのだと彼女は宣言した。

ここまで来て、見ず知らずの行きずりの男と一夜の過ちなど許せるものか。

だったら、相手は俺でもいいはずだと、興奮と苛立ちで熱くなる身体で言い返し、結果、理乃を抱いて——抱いて抱き潰した。

（しかし、これからどうすべきか）

好きだと何度も告げた。これ以上ないほど愛した。

理乃の肢体は骨格だけでなくすべてが美しく、恥じらいつつも乱れゆく身体は常識や罪悪感を根こそぎなぎ倒した。

柔らかで吸い付くような肌、とろりとした眼差し。それ以上に蕩け、甘く絡みつく内部は極上で——挿入しただけで脳天に快楽が突き抜ける。

それでも相手は処女だからと丁寧に、優しく、徹底的に奉仕していたが、痛いよりも柊木が我慢して苦しむのが辛いと言われ、理性が飛んだ。

クズ男から酷い仕打ちを受け、奪うように柊木から抱かれてなおいじらしいことをいう彼女がたまらなく愛おしくて、壊して、己の内に閉じ込めてしまいたいほど最高で——あとは馬鹿みたいに腰を振って、振って、振りまくって、相手を何度昇天させたかとか、体力の限界だとかを考える余裕もなく、歓喜と獣性のままに抱き尽くした。

が。理乃は柊木の秘書である。

気持ちは伝わっているだろうが、じゃあこれから恋人として結婚前提のお付き合いをしましょうとはならない。

どころか、よりややこしい関係になるのは目に見えていた。

政略結婚を画策する父親が、よけいな女が近づかないよう周囲を取り仕切るお目付役。

それが理乃に与えられた使命だ。

にもかかわらず、柊木と男女の関係になったとあればすぐにも引き離されるだろう。

いや、ただの遊び、セックスの快楽を共有する割り切った間柄であれば、父親とて早々には目を尖らせない。どころか、女嫌いの柊木の態度が軟化したと喜び、適当な時期——政略結婚の相手と話がつくまで——は放置していてくれるだろう。

しかし残念ながら、ただの遊びにするつもりはないし、恋愛感情はあまりあるほどで、どれほど彼女を望んでいたか言い尽くせない。

であるならば、父親を出し抜いて理乃を取り巻く面倒を——母親と姉の駄目男好みといずれ作るだろう借金はもちろん、父親の手が届かない場所まで連れ去る必要がある。

幸い、理乃が結婚したら——と、己が身を彼女から遠ざける準備をしていたが、彼女をも連れてとなると今少し時間が必要になる。

「まあ、なんとかしてみせるさ」

容易なことではない。今まで自分の人生を支配してきた男との、父親との全面対決になるだろうが、理乃の為ならなんでもできる。

そのためには、まず、外堀を埋めていくこと。誰よりも腹黒くなること。

なにより、理乃を幸せにできるだけの環境と手段を吟味し揃える必要があるなと、彼女を腕に抱きながら柊木は頭の中で今後を計算し始めていた。

あったかい。なんだかすごく安心できる。

まるで産まれる前に居た母親の胎内みたいだ。

全身を包む温もりに多幸感を覚えながら、日比城理乃は思う。

素肌と素肌を合わせまどろむことがこんなに気持ちいいだなんて、まるで想像もしていなかった。と、そこまで考えた時、自分が何者でどうして温もりに包まれているのかを思い出す。

(そうか。昨日、柊木先生とエッチしたんだ)

ぼんやりとまとまらない思考の中、それだけははっきりと分かる。

熱を持った柔らかい唇、汗ばみ鈍い輝きを放つ、筋肉で張り詰めた雄の肉体。

余裕がなかったのと部屋が薄暗かったのでよくは見ていないが、自分の身体にはない部位が恐ろしいまでに怒張し張り詰めていたことや、貫かれた時の痛みとそれを凌駕《りょうが》する解放感と快楽。

あとはどろどろとした愉悦に沈められては絶頂へと放たれ、また沈められてを繰り返して――。

絶頂を意味するオルガスムスという単語は、小さな死を意味すると伝えていたのは誰の言葉かあるいは雑誌の記事か。

ともかく理乃は、昨晩何度も上り詰めては死に至り、生まれをくりかえした。

(なら、人間は生まれて産声を上げた時が、一番気持ち良くて、幸せなのかもしれない)

◇
◆
◇

ぼんやりとそんなことを考え苦笑する。

自分はもう胎児ではない。セックスで擬似的な生死を漂ったとしても、目覚めればやくたいもない現実が待っている。

現実――。

その単語が浮かんだ瞬間、頭がずきりと疼いて顔をしかめる。

自分は大人で、働いていて、ついでに言えば柊木の秘書だ。それも、彼に悪い女が寄ってこないよう監視するという役目を負った。

昨晩はアルコールに酔い忘れていたことが次々と思い出され、理乃は内心で頭を抱える。

――どうしよう。

どうもこうもない。脱処女に協力してくださってありがとうございました。と頭を下げて通常運転に戻るか、あるいは、こっそりとホテルから逃げだし、忘れたふりをしてなかったことにするか。

（やるなら、後者だ）

結婚前提でおつきあいしている男がいると言い切っていたにも拘わらず、土壇場で寝取られたあげく、悪絡みしてセックスをねだっただなど完全に黒歴史だ。

それぐらいなら、忘れたふりをして、なかったことにしてしまったほうがいい。

そこまで考え、胸がつきりと痛む。

なかったことにできるだろうか。昨晩、すぎるほどに愛撫され、その場の勢いとはいえ好きだと言われ、女の部分をこれ以上ないほど満たされ、今、こうして、大切な恋人のように背後から抱かれまどろんでいた幸せを。

(なかったことに、するしかない)

幸い自分は意志が強いほうだ。しらを切り通していれば柊木だって深入りはすまい。

だって彼は世間の誰もが認める美貌の持ち主のみならず、医療界でも名を知られた柊木美容外科グループの御曹司様。

婚約すると思っていた相手に捨てられるほど惨めで地味な秘書にこだわる理由はない。

ますます自己卑下に陥《おちい》っていく気持ちを振り払いたくて、理乃は足で羽毛の掛け布団《デュベ》をそっと蹴り、音を立てないようそろそろと床へ下ろす。

まだ重いまぶたを持ち上げ、そっと部屋を観察すると運よく足下にバスローブが一枚落ちていた。

よし、あれを羽織ってバスルームにいけば、下着や昨日着ていた服がある。

メイクはどうにもならないが、時間は九時近くでまだ人通りは多くない。ホテルを出てすぐタクシーで帰れば素顔なんて見られないだろう。

二度失敗して、足の指でバスローブを掴んで羽毛布団の中に引き入れ、理乃を抱いたまま背後で寝息を立てる柊木を起こさないよう気を付けながら、時間をかけてそれを羽織る。

最後に腰を浮かしてバスローブベルトを回し、へその上で蝶結《ちょうむす》びにすると、転がるようにしてベッドから出る。

床に四つん這いになって溜息をつき、そっと立ち上がり、さあ、寝室へ行って着替えて逃げるぞと一歩踏み出した瞬間だった。

羽毛布団の中からにゅうっと伸びてきた腕が理乃が纏うバスローブの腰紐《こしひも》をちょうど脊椎と腰骨が交わる部分でひっつかみ、力任せに引き寄せた。

「うわ、わ、わわっ！」

思わぬ事態によろめき、背後から倒れながら、痛みに身を硬くすれば、ベッドの角に腰を打ち付けるより早く男の胸に抱き寄せられる。

「どこへ行くつもりなんだ？」

低く、極端に抑揚の少ない声は、相手が怒っていると伝えるに充分で、理乃は猫に見つかったネズミの有様ですくみあがる。

「あー、ええと、そのシャワーを」

「だったら俺も一緒に浴びさせてもらおうか」

ほとんど耳に唇が触れそうな距離かつ掠れた声で囁かれ、血圧と心拍数が急上昇する。

「えっ、いや、それでしたら私、すぐ済みますのでその後にごゆっくり！」

シャワーは諦めた。バスルームに飛び込んで下着と服を身に付け飛び出すしかない。そんな覚悟を決め焦りつつ言うと、柊木はふっと鼻で笑い――。

「嫌だね。見ていないとまた逃亡を企《たくら》みそうだ。それは困る」

しっかりと理乃のずさんな計画を見抜いていたりした。

「そうと決まればさっさと動くか」

デュベをはね除けがばりと起き上がられ思わず悲鳴があがりかける。というのも柊木は行為後のままの姿――つまり全裸だったからだ。

夜でこそ、薄暗がりであまりはっきり見えなかったが、明るい日差しの中で生まれたままの姿をさらされるのは刺激が強い。

思わず眼を覆って肩を小さくしていると、いかにも愉しげに柊木が喉を鳴らす。

「昨晩も散々見ただろうに、なにを今更」

「見えてません！」

ほとんど悲鳴じみた声で理乃が反論するも、柊木はまるで意に介した様子はなく、くるりと振り返り理乃の手首を掴んで眼から引き離す。

「だったらどうぞ。気が済むまで見てくれ」

「やっ……！」

セクハラ！　と叫びかけるも言葉を失う。

白衣を着ている時は細く見える身体は、目の前にすると存外に大きく、しっかりとした骨格の上にしなやかな筋肉が適度に付いているのが美しい。

学生時代に美術館で観たギリシャ彫刻のように、腕も胸もはりつめた筋肉が陰影をつくっており、脇腹から腰に引き絞れていくあたりなんかは芸術的といっていいほど美しい。

思わず溜息を漏らしかけ、しかし下腹部にある濃い茂みから刀のように反り返る怒張を見ていやーっと叫んでしまう。

「な、なんでソレがそうなってるんですか！」

つるりとした尖端に、太い幹さながらに血管の浮き出た竿《さお》の部分。

おもわず柊木の手を払いのけまた眼を覆ったが、一度記憶に焼き付いたものはなかなか頭から離れない。

(というか、昨晩、アレにアレがああなって)

めくるめく快感と貫く灼熱《しゃくねつ》の激しさがもやもやと頭の中に浮かんできて、勝手に身体の奥がきゅうっと疼く。

そんな反応が恥ずかしくてもじもじしていると、はあ……と大きな溜息を落とす気配がして柊木が言う。

「朝だし起きたばっかりなんだから、当たり前だろう」

「そうなんですか！」

思わず叫んでしまう。が、また見る勇気はなくて顔を天井に向けたままだ。

（な、な、なんというか人体の驚異）

男性をあまり知ることなく生きてきたせいで、この手の知識がまるでない。

昨日から驚くことばかりだなと空笑いしていると、布が擦れる音がした。

「ほら。もう見てもいいぞ。バスローブを着たからな。……まったく、昨日はこれより凄《すご》いことをしたのに、なんでそんなに驚いてびくついているのだか」

「そんなことを言われても」

やっぱり綺麗な人は得だなあと思う。理乃だったら裸を見られて平然となどしていられない。

（その自信を分けてほしい……）

心の底から願いつつ、だが、もし柊木が嘘をついてまだ裸だったらと思うと視線を元に戻せない。

首が痛くなってきて、限界かもと内心でつぶやけば、痺れを切らした柊木が理乃の前に立って上から顔をのぞき込んできた。

「早くしろ。遅くなると店が混んで煩わしくなる」

「店？」

朝食だろうか。だったらそれこそホテルを出て各自ですませればいいのでは、ときょとんとしていると柊木が事もなげに言い切りつつ、手を引いて理乃をベッドから立ち上がらせる。

「ああ、買い物に行くぞ」

「そうですか。でしたらやはり気兼ねな……え？」

行くぞ、ということはひょっとして理乃も付き合わなければならないのだろうか。

疑問に思っていると、柊木が呆れたように告げた。

「本当に……。なにを同じことを言っているんだ。らしくないぞ。理乃も一緒に行くに決まっているじゃないか」

「決まってません！」

そんな約束をした覚えはない。というか、そんな関係でもない。

確かに、柊木が百貨店のＶＩＰルームで買い物するのに付き添ったことはあるが、それとはどうもニュアンスが違う。

「そもそも私は休日です！」

とくに予定はないが、急に時間外勤務を言われても困ると言外にふくませれば、彼は肩をすくめつつ答えた。

「だからデートしてなにが悪いんだ？」

「デート」

予想だにしなかった単語に理乃は目も口も大きく開き二の句を失ってしまう。

「だからお前の服を買いにいく」

「へ、服？　なんでですか？」

ひょっとして破れていたりするのだろうかと思うも、昨晩の柊木は始終優しくて、そんな乱暴な真似《まね》をされた記憶はない。というかいたした時にはすでに素肌にバスローブだったので、服がどうこうなる余地はない。

ますます訳がわからなくなって首をひねる理乃を前に、柊木は拗ねたようなな照れたようななんとも言いがたい表情を見せつつぽつりとつぶやいた。

「他の男の為に着飾った姿で俺の前を歩かせる気はない」

「……えーと」

まあ確かに昨日は着飾っていた。だが、その相手は見事に寝取られた挙げ句フラれてもう縁はない。

――これは独占欲というもの？　なのかな。

（いやいや。恋人でもないし）

処女を捨てたいという理乃を心配し、流れで一度抱いただけなのに、独占欲はないだろう。

だったらなにかと考えていると、柊木が突然腰を抱いて自分の腰をぐっと理乃の腹に押しつけ囁く。

「あんまりグズグズしていると、予定を変更してベッドで一日過ごすことにするが？　それとも、口ではああ言ったが、一緒にシャワーを浴びたかったのか？」

脅すにしてはあまりにもセクシーで甘い声で囁かれ、落ち着きかけていた動悸がまた酷くなる。

「いっ、いっ、いえ！　結構です！」

叫び、無我夢中で柊木の胸元を押し、一目散にシャワールームへと逃げ込む。

理乃が去った後に、朝であるという理由以外で漲《みなぎ》りまくっている股間をもてあました柊木が、やるせない溜息をついて髪を掻き乱したことは言うまでもなかった。


店が混んで煩わしくなるという柊木の発言は、体感によるものなのだろうなと理乃は老舗百貨店の外商用ＶＩＰルームで思う。

百貨店近くの地下駐車場に車を停《と》め、七階にあるこの部屋に来るまで女性の熱い視線を浴びまくり、中には写真をとねだる人まで現れる始末。

それだけでも非日常的なのに、ＶＩＰルームの中はもっと非日常的だった。

きらめきを放つクリスタルのシャンデリアに、座ると一生立ち上がれないのではと思うほど心地よいソファ。

室内はどこかの豪邸にあるサロンのようで、飾られた家具から花瓶までロココ調で統一されており、運ばれてきた銀のワゴンには地下一階にあり行列必須のチョコレートショップから提供されたザッハトルテとシャンパンが乗っていた。

「コーヒーかお紅茶のほうがよろしかったですか？」

首にブランドのスカーフを巻いた中年の女性が物腰も雅《みやび》やかに問いかける。

「あ、いえ、大丈夫です」

ついお構いなくと言いそうになった理乃を手で制し、柊木は口を開く。

「それより、お伝えした品は用意できましたか」

「もちろんでございます。誠心誠意吟味してみましたが、お気に召していただけるか……」

わずかに言葉を濁らせると同時に、理乃をちらりと見る。

途端、言いようのない恥ずかしさが込み上げてきて、やや俯きがちとなってしまう。

今の理乃は、仕事中と同じくお団子にまとめた頭と昨日着ていたワンピース（しかも若干よれている）、おまけに化粧は手持ちのもので間に合わせという――完全にここでは場違いだったからだ。

（せ、セレブな空気にまるでそぐわない）

内心でだらだらと汗を掻きつつ、視線を床に落としている間に裏に繋がっているだろう扉から、次々に商品が載った銀のワゴンが運ばれてくる。

下にある売り場から撰《えら》ばれ揃えられたものだ。

買いたいものを事前に伝えておかなければ、こうも素早く用意はできない。

一体いつのまにと驚いていると、柊木がわざとらしい咳払《せきばら》いをして、「昨晩、いろいろと手配する余裕があったからな」と言われ、シャワーを浴びている間に今日のこの事態が決められたことを知る。

ワゴンは一つだけではなく、次から次に運ばれてくる。

服に靴にバッグと、それこそ、ワンルーム十畳しかない理乃の家の小さなワードローブを塗り替えそうな勢いだ。

柊木が一般的な医師よりも収入が高いことは秘書として把握しているが、だからといってこれは完全に無駄遣いではないだろうか。

へんな汗が脇の下に滲みだすのを感じつつ、理乃は渇いた喉を癒やすため唾を呑んでから口を開く。

「ちょっ……と、これは。さすがに多すぎるというか」

「別に全部選ぶ必要はない。いや、欲しいなら全部選んでくれて構わないが」

「冗談でしょう！　こんなの、家に入りきれませんよ！　それにこんなブランド物を着てたら、緊張して外を歩けません！」

靴の裏張りが深紅で彩られた、セクシーで挑発的な十センチヒールを手持ち無沙汰に弄んでいた柊木が、わずかに眉を上げる。

「だったらそうだな、着回しができそうなデート用で三パターンにディナー用、それからもう少し気の張らない系列でビジネススーツを二つ、コートは……まあ、先でいいだろう」

などと勝手に外商員に指示を下し始め、開いた口がふさがらない。

そこからが大変だった。まるで理乃は着せ替え人形になったようにアレをあわせろ、これはどうだと勧められ、言われるままにＶＩＰルームに併設されたフィッティングルームで着替えては柊木や外商員の前に立ち、言われるままに腕をあげたり、回ったりと忙しい。

日頃から外商を使い慣れている柊木にはなんということもない買い物だろうが、常にファストファッションで済ませている理乃は精神的に疲れてしまった。

家族が背負わされた借金の返済に収入の多くを充てているため、普段の暮らしぶりは実に質素で、世に名を知れた医療グループの理事秘書には見えない。

外食をするぐらいなら自炊だし、もし、勤務先が遠くなかったら、茨城にある実家から通っていたのも間違いない。

さすがに肌が敏感なので化粧水だけは天然無添加な少し値段が張るものを使っていたが、それだってドラッグストアで安売りしている平均的な化粧水より千円高いかどうかぐらいで、ネイルやエステとも縁がない。

髪に至っては、同じ柊木美容外科グループにあるヘアサロンで働く美容師の姉に切ってもらっている始末で――ともかく、おしゃれというものから縁遠い生活をしていた。

枯れている。そう自分で思っていたが、存外、美しいものや可愛いものに対する女らしい感性は残っていたようで、シルクブラウスの手触りにはうっとりしてしまうし、動くごとに花びらのように開き踊るシフォン生地の裾には心が躍る。

「うん。今日試着した中で一番いいんじゃないか？」

デート用のセットに着替えた理乃を見て、まるで我が事のように柊木が声を弾ませ上機嫌に言う。

今、理乃が身に付けているのはオフホワイトのシルクブラウスに、左右で段差――ヘムが効いた淡いラベンダー色のフレアスカートだ。

クラッシックなスタイルのブラウスに対し、大胆に布地をカットしてプリーツにフレアと技術をつぎ込んだスカートは、着てみると羽のように軽く、わずかな動きでも襞が揺れ、シルエットが替わり、踊り出したくなるほど美しい。

ウエストの処には細身のチェーンが巻かれており、端にチャームが三つほどついているのもいい。

「クロエ・ノワの新作ですね。大胆な花柄で有名なブランドですが、こういった基本といいますか、シルエットで遊びを効かせたタイプは粋な方々に好評ですのよ」

外商員の主任らしき女性がにこにこ顔で説明するのを聞きながら、理乃は鏡の中の自分に驚いていた。

シンプルでありながら要所でふんわりとフェミニンな雰囲気の服を纏った自分は、まるでどこかのお嬢様のようだった。

ついでにと化粧品一式も揃えられた上、一階から呼ばれたビューティーアドバイザーがメイクをしてくれたおかげで、目はいつもよりぱっちりしており、頬も淡い桜色でふんわりと優しい雰囲気をつくっていた。

全体的に甘くなりそうなメイクを目尻に入れた朱のアイシャドーが引き締めており、美人だけど仕事もおろそかにしない、まるで百合のように凛《りん》とした雰囲気に仕上がっている。

野暮《やぼ》ったいお団子頭だけが残念だが、それ以外はまるで別人のようだ。

「確かに綺麗ですね。胸元も着る前に想像していたより深くなくて上品ですし！」

比翼型にくれた胸元に手をあてはしゃいでいると、同じぐらい愉しげな柊木がアドバイスをくれる。

「髪を下ろしてみたらどうだ？」

「え、でも、まとめていたから癖がついていて変かもですし」

「そんなことはない。理乃の黒髪はしなやかでまとまりもある。解いてごらん」

誘うように甘く囁かれ、理乃はおずおずとした動きで髪をまとめるピンを抜く。

項を毛束が滑る気配がして、さらっと肩や背に広がった髪を手ぐしでととのえると、照れて赤くなりながらも柊木へ向き直る。

「変、じゃないですか」

「いや、いい。すごくいい。……だがそうなると胸元が少し寂しいかな」

ブラウスの襟は開襟型で谷間が見えるか見えないかのところで合わさっているため、胸は見えないかわりに鎖骨のあたりが大きく開いていた。

「あ、そうですね。じゃあやっぱり……違うやつに変えたほうが」

喉元に手を当て、綺麗で気に入っていたのになと残念に思っていると、ソファでくつろいでいた柊木が立ち上がり理乃の後ろに立ち、まるで抱きしめるように肩越しに腕を伸ばす。

「ひ、柊木先生？」

びっくりして目をまばたかせる理乃の前で、柊木は握り締めた両拳を喉元で左右にならべ、そこから魔法のように白い光の糸を作りだす。

プラチナの鎖だと気付いて目をみはる、柊木はまるで構わず手を首沿いに後ろまで回し、外科医らしい器用な指先で小さな留め金をとめてしまう。

「わ……」

喉元に宿るダイヤのきらめきに息を詰める。

一粒のダイヤモンドを中心として、周囲を薔薇の花びら型にカットした小さなメレダイヤが幾重にも囲んでいる。

とても可憐な上にさりげなく、今着ている服にあつらえたようにぴったりだった。

「これでいい」

言いながら、留め金の上からうなじへ唇を落とした柊木が上目遣いで鏡を見る。

肩越しの視線に色欲の彩を見つけドキリとすると、たちまちに肌が淡く桜色に染まっていく。

どうみても恋人同士——それも深い関係の——のやりとりに、外商員たちはぱっと頬を赤らめたが、それ以上になにかを言うこともなく、とてもお似合いですと、ビジネスライクな賞賛を述べる。

気恥ずかしい。だけどすこしくすぐったげな嬉しさが内心で芽生えだすのも感じる。

「このネックレスなら普段使いもできるだろう。なにか聞かれたらいいことがあったから買ったとでもごまかせるし」

本当はもっといい奴を送りたかったがと言葉を濁され、理乃は左右に頭を振る。

金額や虚栄心を満たすブランドより、普段使いできるようなものを、そして理乃が対応に困らないよう考えてくれたことが嬉しい。

「あの、ありがとう、ございます。これならスーツにも合うので使わせていただきますね」

「そうしてくれ。……いつも身に付けてくれると嬉しい」

ドキンと心臓が跳ねる。

どういう意味で柊木はいつも身に付けてくれと願うのか。自分代わりのお守りかなにかか、あるいは理乃があまりにも飾り気がないので気になっていたのか。

どちらとも取れる台詞に、だけど変に心が浮かれて理乃は控えめにうなずく。

すると柊木は口元に手をあてて小さな笑い声を落とし、残る片手で理乃の頭をぽんぽんと軽く叩く。

「……あの、それで着ていらした服はどういたしましょうか？」

二人の世界を展開されて困っていたのだろう。外商員の女性が咳払いをしつつ尋ねてくる。

「そのままお帰りでしたら、こちらでお包みいたしますが」

試着時に預かってもらった服を腕にかけ尋ねられて、理乃は戸惑う。

プロポーズされると思って浮かれていた自分や、職場の後輩とかいう見知らぬ女性に寝取られて捨てられた事がわあっと頭の中に広がり、しばし口をつぐむ。

（どう、しよう）

そう高い品ではない。靴からワンピースをいれても、今来ているブラウスの半分ほどだろう。そして服自体にも特に思い入れがある訳ではない。

（もったいない、けど……）

どうすればいいかわからず柊木をちらりと盗み見ると、他の男のために着飾った服で俺の前を歩くなと言った割に彼は口を挟まず、ただ静かに理乃を見守っていた。

「あの……ご迷惑でなければ、処分していただけますか？」

勿体ないかもしれない。だけど、あれを持って帰るのは昨日のみじめさや卑屈さを持って帰ることも同じだ。

そう考え、理乃ははっとする。

憎まれ口じみた台詞で無理矢理買い物に連れてこられたが、気が付けば試着やメイクなどが愉しくて、今の今まで仁川にフラれたことなど忘れていた。

もし、当初の計画通りに柊木が寝て居る間に逃げ帰っていれば、今頃自分はどうなっていただろう。

きっと、しわくちゃな服のまま膝をかかえてうだうだと悩み泣いて、月曜日には泣き腫らした目で仕事に出ていた気がする。

働いている時こそは感情をセーブできるが、その分、一人になるとどうしようもなく悩みがちの後悔したがりな部分があるのを、理乃のみならず柊木も理解していたというのだろうか。

だから服を買いに連れ出してくれたのかと気付いた途端、胸の中でわあっと花が開くような歓びと驚きが満ちる。

「捨ててください。いい思い出もありませんし」

顔をあげてきっぱりと告げた途端、柊木がそれでいいと言う風に目を細め、優しげな視線で理乃を見つめてきたのが、ほんの少しだけくすぐったくて――そして妙に心を逸らせた。


試着に時間を使いすぎたのか、百貨店を出た頃にはもう十三時近くで、銀座周辺にある飲食店は軒並み混雑していた。

ＶＩＰルームでケーキを食べた他は、朝どころか昨日の夕方からほとんどまともに食事をしていない理乃は、今にもお腹《なか》がならないかと心配するほど空腹だった。

「せっかく着飾ったんだから、少しいい店で食事でもするか」

他の荷物を配送してもらう手配を終え、人目に付きたくないという柊木の要望により裏口から見送られ歩道に出たと同時に彼は両手を上に組んで伸びをする。

「いい店……ですか？」

「馴染みにしているカジュアルフレンチの店が近くにある。オーナーは友人だし、さっき聞いたら空いているようだから、一緒にどうだ？」

ここまでしてもらって断るほど常識なしではない。理乃がお任せしますと答えると、柊木が手を伸ばしてきた。

「ん」

「なんですか？」

「デートなんだから、手ぐらい繋がせろ」

苦笑しつつ、理乃の手首を取るが早いか指を絡めて繋いでしまう。

「いくぞ」

繋いだ手から伝わる温もりがなんとなく気恥ずかしい。

半歩先を行く彼の横顔やその背の高さがいちいち気になって、足取りがどこかふわふわしてしまう。

躓《つまず》きそうになるとすぐ察知して足を止めてくれたり、ちらっと横目で見られるたびに大切にされているのを実感してしまい、変にドキドキする。

柊木が言っていたフレンチは賑《にぎ》やかな表通りから少し離れたビル街の二階から四階を使っており、二階の受付まで続く瀟洒《しょうしゃ》な螺旋《らせん》階段が無機質的なビルの外観を、どこかモダンでお洒落なものに見せていた。

店内はさらにモダンで、くすんだ金箔《きんぱく》で壁も天井も覆われていたが、要所要所に黒い木材の柱や梁《はり》がはしっているので下品に見えない。

窓にかかる日差しよけのカーテンも繊細な黒のレースで、和紙をつかって光を押さえた照明と相まって大人な雰囲気が漂っている。

中は満員まであと少しという状態だったが、柊木はまるで気にしておらず席を探す様子もないまま対応する女性のギャルソンと軽い雑談を交わしている。

臙脂色《えんじいろ》をしたふかふかの絨毯《じゅうたん》の上を案内されるまま歩くと、奥に小さな階段があり、柊木は慣れた様子でそこを上がっていく。

(うわあ、こんな高級な店初めて。ちゃんとマナーを守れるかな)

やや緊張気味に後に続いて階段を上ると、そこにはホテルの廊下そのものの空間が広がっていて理乃はわずかに驚く。

「え?」

レストランだよね、と瞬きをくりかえせば、その様子がおかしかったのだろう。柊木がくすくす笑いながら耳元でそっと囁く。

「気兼ねなく食べられるよう個室を押さえてもらった。だからそんなに緊張しなくてもいい」

知らず見抜かれていたことに頬を染めれば、その様子が可愛くて仕方がないという風に降ろしっぱなしにしていた黒髪を一筋とってさらっと指で流される。

「まあ、少し話したいこともあるしな」

突然の不意打ちに鼓動が止まる。

柊木と理乃の間で話したいことといえば、やはり昨晩のことしかない。

初めてだったからすごく失礼なことをしたのかとか、声がうるさかったのかとか考えつつ上の空で席につけば、すっかりセットされた皿やフォークが出迎える。

一体なにを話したいのだろうと考えるあまり、会話がお留守になっていて、ギャルソンが出た後の部屋は奇妙な沈黙に包まれていた。

そのうち、不安と緊張から悪い方向にばかり想像がいきだす。

(や、やっぱり処女を捨てたいからといって、上司と寝たのは駄目だったとか)

それしかない気がする。

そもそも柊木は女性に対しアレルギーがひどい。にも拘わらず、フラれた理乃に同情して抱くことになったのだ。その場は酔いと理乃の無茶を止めたい一心で引き受けたが、やはり嫌だったのだろうか。

それで、抱いた以上、秘書をしてもらっては困るという結論に達したのかも。先ほどの買い物だって、手切れ金だとすれば納得もいく。だが、フラれた上に無職になるなど、あまりにもダメージが大きすぎる。

そんなことを考えていたせいだろうか、メニューを渡されてもまるで頭にはいってこず、ぼんやりと字面をながめていると、おい、と鋭い声が掛けられた。

「理乃。聞いているか」

「あっ……すみません。ええとなんでしたっけ」

あわてて顔をあげ柊木を見れば、彼はわずかに眉をひそめ溜息を吐く。

「食べられないものはないかと聞いたんだ。たしかあさりやしじみが駄目だっただろう」

教えたことはないのに、なぜ知っているのかと首をひねれば、柊木は咳払いをして続けた。

「食堂の日替わり定食で貝類の味噌汁《みそしる》の時だけ残していただろう。いつもは飯粒一つも残さず綺麗に食べるのに。それを見てたら嫌いだとわかる。アレルギーがあるのか？」

「いえ。できれば食べたくないだけで。……子どもの頃、食べたあさりに砂が入っていて、それが虫歯に詰まってすっごく痛い思いをしちゃって」

しどろもどろに告げた途端、柊木は吹き出して笑う。

「なるほど。子どもの頃のトラウマか。だったら今日も貝類のあるコースは避けよう」

言うなり、扉の前に控えていたギャルソンを呼び鈴で招いて、流暢《りゅうちょう》な発音でフランス語のメニューを読み上げる。

そうして完全に二人きりになってしまうと、気詰まりなほど静かで。

これは折角《せっかく》の料理も愉しめないかもとしょげかけた時、柊木がつと視線を逸らしながら、告げた。

「なんだか誤解しているようだから言っておくが、俺の秘書は理乃以外考えてない。そこは安心しろ」

「えっ」

そんなに読みやすい表情をしていたのかと慌ててふためくと、彼はふわりと目元を緩め口を開く。

「仕事の時はツンとすましているのに、プライベートでは表情が豊かなんだな。……すごく可愛いよ」

また不意打ちに惚気《のろけ》られ、理乃は先ほどと違う意味で照れてしまう。

だけど、仕事は続けられるのみならず、自分以外考えられないとまで認めてもらえたのが嬉しくてしかたがない。

「はい。これまで通り頑張りますので、よろしくお願いします」

秘書モードで答えれば、彼は肩をそびやかしてそっちを嬉しがるのかと、なぜか悔しげに呟いた。

そこからは意外なほど会話が弾んだ。秘書と医師ということで最初のほうは病院で起こったおかしな出来事や、食堂のメニューの好き嫌い、今度ある学会でいくつ名物が食べられそうかというものだったが、医師で患者から症状を聞く技術に長《た》けているのか、柊木は見事に話題を拡げ、お互いに好きな音楽のジャンルや最近見た映画など話しているうちに料理が運ばれてきた。

飾り切りした野菜にトリュフソースをかけた前菜に始まり、茄子《なす》とビターチョコレートのポタージュ。

オイルでコンフィされた鮭と栗は季節感たっぷりで、メインの真鴨《まがも》のローストは大陸から日本へ渡ってくる直前の脂がのりきったものをカリカリに仕上げてあり、まるで臭みがない。

とくに理乃が驚いたのはやはり茄子とビターチョコのポタージュで、エスプーマという機械を使って泡を注入しムース状になった茄子の上に、ごく薄いビターチョコの膜が張ってあり、どんな味がするのか想像もつかない。

だけど膜を割って一緒にポタージュを口に含めば、秋で熟した茄子の甘さがしゅわしゅわと舌の上で弾け、それを濃厚でほろ苦いビターチョコ風味が包む。

美味しくて、未知の感覚で、すごく大人の味わいだ。

デザートは完熟イチジクの赤ワインコンポートに林檎《りんご》風味のチュイルで、紅玉を使って煮詰めた砂糖を焦がし焼いたチュイルは、香ばしくパリパリしていて、こってりした肉料理とコンポートのしっかりした味わいを軽やかに仕上げていた。

もうこれ以上入らない、と思って笑うと、フルコース初体験な理乃の百面相が愉しかったのだろう、出されたコーヒーに口を付けながら、柊木が優しい眼差しで見守っていた。

「す、すみません。初めてで、いろいろすごくて、愉しくて」

はしゃぎすぎですよね、と恥じ入れば、柊木は今更と言って吹き出し、理乃が出したより大きな声で笑う。

「俺も愉しかった。こんなにいろんな顔をするんだなとか、シンプルに喜ぶ笑顔が素敵だなとか」

理乃が必要以上に縮こまらないよう気遣ってくれているのだとわかるが、素敵だとか可愛いを連発されると、慣れてないのでどう反応していいかわからなくなる。

ごまかすように、食後のコーヒーについてきた小菓子の一口カヌレに手を伸ばしつつ目を泳がせていた理乃は、柊木から話があると言われたことを思い出す。

「あの……、お話って？」

それまでの和やかな空気が徐々に薄れていくのが肌でわかった。

柊木は普段のクールさをどこへやったのかと思うほど、天井を見たり、窓の外をみたりしていたが、理乃が困り切った顔で限界まで眉を引き下げた頃になって口を開く。

「昨晩のことだが」

やっぱりそれか。と、すこし寂しい気持ちを抱えながら理乃は真っ直ぐに柊木を見る。

「あ、はい。大丈夫です。……私はなかったことにできますので、先生も忘れていただいて結構で」

言われるより、言ったほうが傷が少ない気がして早口で相手の言葉を遮ると、柊木がらしくない乱雑さで舌打ちを響かす。

「忘れられる訳ないだろう。そうじゃなくて」

ぐしゃっと、綺麗にまとめていた栗色の髪を片手で握り、顔を歪めつつ溜息をついて柊木はぼやく。

「誤解しているんじゃないかと思ったし、言ったことも覚えてないいんじゃないかと疑っていたが……。まったく」

「ええと」

すみませんと謝りかけ、だが鋭く睨まれ理乃は口をつぐみ背筋を伸ばす。

「理乃」

「はい」

「君が好きだ」

「はい……っっええええええ！」

超豪速ド直球の告白を受け、理乃はなにが起きたのかまったくわからない。

「す、好きって、ええと、その、大人な身体の相性がどうとか、そういうのでしょうか」

「なんでそうなる！　男として、一人の女である君が好きだと、恋しているると伝えているのに、身体の相性と勘違いするやつがあるか！」

個室でなかったら退店させられること間違いなしの声量で言い合う。

今までのムードも料理の美味しさも、爆弾発言で完全に吹っ飛んでいた。

「好きって、いや、でもそんな素振りは……」

柊木とは常にビジネスライクで、そんな態度を匂わせられたことがない。

もっとも、匂わせられたとして、恋愛偏差値ゼロな上に、上げる気もない理乃に察知できたかは別の話だが。

「自覚した時には、すでに君はあのクズと結婚前提のお付き合いをしていただろう」

「ああ……あのクズと。確かにお付き合いしていましたねぇ」

つい昨日のことなのに、なんだか遠い昔のような言いぶりをしてしまう。

なんならもう、顔どころか名前さえ記憶から抜けていた。

というのも、昨日フラれてから今日まで、柊木とのアレコレや言動に心を揺さぶられっぱなしで、思い出す余地もなかったのである。

「それは……ご愁傷様です……」

「本当にな。君が選んだ男ならと幸せお祈りモードでいたのが、結婚はしたいが恋愛はしたくないと来た」

拗ねた表情で言われ、どう謝罪すればいいかわからない。というか、もはや乾いた笑いしか出ない。

「おまけに、ちょっとそこらで処女を捨ててきますみたいな勢いだろう。本当に、内心どれだけ焦ったことか……」

恥ずかしさと申し訳なさで身が小さくなってしまう。

「いや、でも、柊木先生が私を好きだなんて、そんな冗談ですよ、ね？」

とくに取り柄があるわけでもない、平凡で仕事は真面目だが天才でもない。まるで柊木とそぐわないのに、どうして彼は好きだなどと言うのだろうか。

不安と疑問、困惑が湧きだし、なんとか嘘だと言ってほしいと願うも、理乃を見つめる柊木の瞳は、これ以上なく真剣である。

「理乃は冗談にしたいだろうが、俺は絶対に冗談にしない」

きっぱりと否定され、おろおろしていると、柊木はさらに付け加えた。

「好きな理由ももちろんある。だが、今伝えたところで理乃を混乱させるか、あるいはいいように誤解させて、拒否する理由にする可能性もあるから黙っておく」

「うっ……」

鋭い。

本当に理乃のことをよく見ているし、理解している。

そんな柊木が言うのだから、ちゃんとした〝なにか〟があって理乃に恋愛感情を抱くようになったのだろう。

「いや、でも、勘違いってことは」

諦め悪く上目使いで相手を見れば、彼は胸を張って腕を組んだ。

「何度でも言ってやる。好きだ。君の恋人になりたい。もちろん結婚前提で」

怒濤《どとう》のごとく押しまくられて、なにがなんだかよくわからない。

せめて理由をと相手を見ると、彼は切なげに息を吐いて続けた。

「とはいえ、理乃が恋愛が不要だと考えていることはわかるし、戸惑いも理解できる。……俺も似たような考えだったし、理乃以外の女は未《いま》だに嫌悪がある」

そりゃそうでしょうともと無言でうなずく。

女性嫌いで知られる柊木から、突然好きだと言われて戸惑わない訳がない。

「それに仕事上の関係や君の立場もある。……だから、今すぐに返事が欲しいとは言わない。ただ、考えてくれ。俺が君を好きだということ。そして、男として意識してみてほしい」

「男性として意識だなんて……」

とっくにしている。というか、昨日からしっぱなしだ。

だが、仕事のパートナーでもある以上、あえて異性であることを無視していた部分があるのも事実。

難しいことになってしまったと内心で頭を抱えていると、柊木が咳払いをした。

「だから、まず、君に謝罪する」

「え？」

「順番が逆になった。……告白して、受け入れてもらってから抱くべきだったのに、昨日は、言えば君が逃げてしまわないかと怖くて、先に手を出した」

呆気《あっけ》にとられてしまう。

本当に、清廉潔白な人柄だと尊敬を越えて呆れさえしてしまう。

昨晩のことは理乃が望んだことでもあるし、他の男性であればわざわざ口にして弱みを晒《さら》す真似などしないのに、正々堂々と謝罪するあたり柊木は誠実だ。

「あれは、私が望んで……」

「だとしても言わなかったのは真実だし、順番を守ってやれなかった俺が悪い。ごめんな、理乃」

真摯な声で謝罪されて、胸の奥がぱっと明るくなり温かいものが広がっていく。

驚き以外の理由で鼓動が逸り、頬が上気していくのがわかる。

また最初と同じような沈黙が室内に広がる。

だが気詰まりではない。

どころか居心地がよくて、このままずっと二人きりで時間を過ごしたいような、それでいて二人だけなのが照れくさいような。

だが、そんな時間も長くない。

ゆっくりとコースを味わううちに傾いていた日差しが夕焼けとなり、外が徐々に暗くなっていく。

「さて。明日も仕事だ。……送って行こう」

立ち上がった柊木が真っ直ぐに理乃に視線だけを差し伸べてくる。

それを拒絶するだけの気持ちなど、理乃はもっていなかった——。

第三章

夢のような休日が終わってみれば、現実と仕事が待っていた。

あの後、柊木と一緒にタクシーに乗り、その後、新宿にある彼の住むタワーマンションまで移動した。

ひょっとして、また昨晩と同じことを——と、緊張している理乃は、地下駐車場で降ろされてすぐ、彼の車の助手席に乗せられ、ほっとしたような残念だったような変な気持ちになった。

車の中では特に会話はなくて、ただ鼓動ばかりがうるさくて、理乃は柊木に聞こえてしまうのではないかとずっと俯きがちでいた。

住んでいるマンションの前で車を降りた後、不意に名を呼ばれ運転席にいる彼に近づけば、手首を取られ引き寄せられた。

キスをされるのかと目を閉じると、ふわりと手が滑らかな男の頬に触れ、猫がするみたいに擦り付けられる。

勘違いでキスを求めた自分が恥ずかしく真っ赤になっていると、柊木は柔らかく目を細め、それから両手で捧げるようにして手の甲へと唇を落とす。

ずるい、と思った。

比類なき美貌の男性が、まるで触れれば消える初雪にするみたいに、そっと押し当てるだけのキスを手の甲にするなんて、あまりにもロマンティックすぎる。

これでときめかない女子なんていないだろう。

そう思って、わずかに唇を尖らせればしてやったりの表情で「おやすみ」と告げられた。

部屋に入って電気をつけ、カーテンを閉めようと窓に近づけば、柊木の車はまだ路肩にあり、理乃が窓際に立ったのと同時にテールランプの残像を残し、夕暮れの街へ消えていく。

家に入るまで見守ってくれていたのだと理解できた瞬間、膝がぐにゃりと力を失い、理乃はその場に座り込み、火照る頬を両手で冷やしつつ、柊木が言ったことを考えていた。

そうして明けて今日。

月曜日だからか、まだ受付時間までは大分あるというのに、大学病院内は診察を待つ患者で溢れていた。

内部の様子を窓越しに眺めつつ、理乃は本館の裏にある医局センタービルの入口ゲートをゲストパスを使って通過する。

場所が新宿という東京の中心地であること、ほぼ地下鉄直結な勢いで大学病院があることなどから、柊木が出張や外局――関連病院や親の病院など――勤務でない限り、送り迎えする必要はなく、現地に直行して秘書業務を開始となる。

だけど今日ばかりは、やはり緊張してしまう。

柊木に会った時、どんな顔をすればいいのだろうとか、いや普通に無表情でいるべきだとか、逆に無表情だったら嫌われてると思われないかなとか、とにかく思考が忙しい。

（早く来すぎちゃったし、レストコーナーでコーヒーでも飲みながら作戦を立てよう）

時間はまだ八時。

普通の会社であれば、一番レストコーナーに人が多くなる時間帯だが、病院の朝は早く、医師たちは回診や外来準備などで一番忙しい時間にあたる。

そのためレストコーナーが閑散とする時間帯で、頭を冷やしたり考え事をするのに向いているのだ。

窓に面したカウンターコーナーのスツールに座り、窓から広がる街の様子をぼんやり眺める。

足下の道路ではスーツをきたビジネスマンたちや車が行き交いしているが、少し目を遠くへやれば、御苑《ぎょえん》の緑とその上を飛ぶ渡り鳥らしき連なりが見えた。

何一つ変わらない。

秘書をしてきたここ三年どころか、それ以前から多分変わってないだろう朝の新宿の様子に、理乃はカップに入ったカフェラテを冷ますそぶりで息を落とす。

何一つ変わらない。——柊木と自分の関係以外は。

難しすぎる難題を解くよう命じられた高校生みたいな有様で、理乃は頭を抱える。

（突然、好きだ……とか、恋人、とか、結婚を前提に、とか言われても）

考えるどころか、異性として意識したことがない相手、しかも仕事のパートナーに当たる相手から言われた場合どうすればいいのだろう。

（しかも、先に身体の関係アリと来た）

ずぅん、と不可視の岩が頭から背中にのし掛かる。

昨日、どころか今朝までは夢見心地でふわふわしていたが、スーツを着て、化粧してとするうちにだんだんと正気が戻ってくる。

——いや、仕事相手だぞ。と。

その上、政略結婚が予定されているから、相手に悪い虫が付かないよう、付いたら報告するよう密命を受けている身でもある。

にも拘わらずやってしまいました。あげく結婚前提でお付き合いしましょうと言われ浮かれました。

——なんて、口が裂けても上司のまた上司、つまり柊木の父親で柊木美容外科グループの会長かつ本院の院長でもある貴青《たかお》には報告できない。

（仮にしたとして、やっぱ解雇だよねえ）

いや、解雇だけならまだなんとかなる。問題は、母も姉も同じ美容外科グループ内のクリニックやらサロンやらで働いているのだ。

気性が荒く、気に入らないものや思い通りにならないものは、権力を用いて徹底的に叩《たた》き潰《つぶ》す貴青のことだ、理乃だけでなく、母たちまで解雇し、同業他社に入れないよう根回しするのは想像に易《やす》い。

悪くすると首都圏では就職先がないとか、今よりかなり条件が悪くなるので地方移住——なんてなりかねない。

(それだけは嫌だな。……借金を背負わされても母さんが手放さなかった家だし)

まだ父親が居た頃に建てた家だから思い入れがある——のではない。

母、姉、自分と女三人が苦しいながらも頑張って守り抜き、やっとローンを返済し終えた勲章のようなものだからだ。

木造ではなく鉄筋コンクリートの家なので、見た目的にはあまり温かみはないが、先々のメンテナンスや耐震性はよく、看護師の母がバリアフリーにこだわって作った家で、理乃や姉の詩乃に言わないが、母は終《つい》の棲家《すみか》にすると決めている節がある。

そこまで思い入れがある家を、理乃の失態一つで失わせるのはあんまりである。

冷めてぬるくなり始めたカフェラテを一口含みつつ、理乃は思う。

——簡単なのは、柊木の告白を断ることだ。そしてなにもなかったことにしてしまえばいい。

理性的に考えて、それが一番、互いにとってメリットが高い気がする。

理乃は職を失わずに済むし、柊木ほどの男なら、すぐに理乃より優れた女性が現れるだろう。

けれどそれは、あまりにも不誠実な気がした。

あれだけ真摯かつ真剣で、全身全霊を賭けているような告白を受け、なかったことにしたり、嘘をついて相手の思いを踏みにじったりできるほど、理乃は世間に熟《こな》れていない。

大人にならなければ、と思うのに、そのたびに、柊木が見せた眼差しが胸を鋭く痛ませる。

第一に柊木が絶対に忘れないとも、冗談にもしないとも断言している。

(どう、するかなあ)

酔って記憶がないことにするには無理があるだろう。柊木が寝て居る間に逃げおおせられたならいざ知らず、デートまでしたのだ。記憶がないと口にした瞬間、夢遊病かと突っ込まれ、異常がないか検査してもらえと、脳神経関係の診療科への紹介状を渡されかねない。しかも、ものすごい怒りの形相で。

それに理乃だって忘れられそうにない。

名を呼ぶ声の切なさや、肌を辿る手の熱さ。

色を含んだ目と、それをさらに艶っぽく見せる小さなほくろ。

指の動きや唇の艶、買い物や食事の時に始終見せてくれた柔らかい眼差しと、少年みたいな笑顔。

それらがぐるぐると頭の中を舞い踊り、身体は始終熱っぽく、どころか貫かれた時の衝撃と質感までがまざまざとよみがえり、誰も居ないのに辺りを見回したり、馬鹿みたいに床をゴロゴロ転がって懊悩したり。

結局、ずっと柊木の事ばかり考えた挙げ句夜更かしし、とどめに夢にまで見てしまう始末。

「……あんな夢まで見ておいて、忘れるなんて」

心の中で思ったつもりが呟いていたことに、理乃が気付かずにいると、不意に側から声がした。

「へえ、あんな夢ってどんな夢だ」

「そりゃあ、人には口にできないような」

あまりにも柊木の事を考えすぎていたため、自分の記憶か、心の声か、現実かの区別もつかないまま返事をしかけ、理乃ははっとする。

「ひ、柊木先生！」

声が現実のものであると認識すると同時に、相手の名を悲鳴じみた声で呼ぶが、彼はまるで気にした様子もなく、にやにやと笑いながら形のよい顎を撫でる。

「ふうん。人には口にできないような、か。……奇遇だな、俺も日比城の夢をみたぞ」

職場だからか、理乃と呼ばれなかったことには感謝するが、台詞の内容にはまったく感謝できない。

全身の毛を逆立てた猫みたいに身体を突っ張らせていると、柊木は忍び笑いを漏らしつつ、内緒話をするように理乃の耳元に顔を寄せ囁いた。

「人には言えないような、いい夢を見た。お前の」

実に効果的に想像力をかき立てる言いぶりに、理乃は思わず肩をすくめてしまう。

「うう……」

「そうか。同じ夢を見たか。そうか」

もったいぶった言い回しがひどくエロティックで、いたたまれない。

たまらず手を振って柊木を払いのけるが、彼は気を悪くしたでもなく、白衣に包まれた腕を組んでうん、うん、と満足げにうなずく。

「そうか。夢でも致すのも悪くないな」

「ちちちち、違いますって！　もう、朝になんてことを言うんですか！」

自分が夢の中で柊木に抱かれていたように、彼も理乃を抱いていたのかと考えた途端、触れられてもいないのに乳房が張って、尖端の蕾がわずかに疼く。

そんないやらしい反応を知られるのが怖くて、ますます小さくなって身を強ばらせていると、柊木が頭を振って苦笑する。

「……なにを考えているんだか。俺は夢の中で理乃と仕事をしていたって言いたかっただけなんだが」

真面目ぶった調子で言われるも、声が弾んでいるのでまるで説得力がない。

（絶対に嘘だ！）

心の中で悲鳴を上げつつ、相手をにらみつけると、彼はますます困ったような、それでいてどこか嬉しげな顔をする。

「それより、どうしてここに居るんですか。外来はどうしたんですか」

見つめられ、ますます赤くなる顔がみっともない気がして、無理矢理に仕事の話題を振れば、柊木はとんでもないことを言う。

「ああ、外来はないぞ。先週に三日当直日勤をしたから、代休を取らないと労務管理がうるさいと医局長から小言を喰《く》らってな。ちょうどオペ後で診なければならない入院患者の受け持ちもないし、休みを取った」

「き、聞いてません！」

「そりゃ、伝えてないからな」

休みなら休みと伝えてほしい。

理乃は柊木の秘書で、基本的には彼のいる場所に付き従うことになるが、彼が休みで理乃が仕事の場合、大手町にあるグループのオフィスに勤務し、先の予定を調整したり、テレビや雑誌出演の打合せに代理で出向いたりしなければならないのに。

（でも、休みでよかったかも……）

今日、グループのオフィスに——柊木貴青会長が院長をする本院に——顔を出して、平然としていられたかといえば絶対にそうではない。

早々に挙動不審を見抜かれて、秘書室長に呼ばれた挙げ句、院長の前に引っ張り出され——と、最悪の事態になっていたことも考えられる。

（ひょっとして、こうなることを予想して、伝えなかったの……かな）

昨日の気遣いぶりや、さりげなく手を回す様子から気付き、羞恥すら忘れ柊木に向かって顔を上げる。

すると彼はやや驚いたように目を大きくし、それから、つと指を伸ばした。

「それ、着けて来てくれたんだな」

鎖骨の間で揺れるダイヤモンドの小さな花を突かれ、おもわずびくっと身を震わすと、された理乃ではなく、柊木のほうが赤面する。

「朝っぱらからとかなんとか言うなら、そんな反応をするな。それとも、俺を煽ってるのか」

「訳がわかりません。というか、突かれて驚いただけで、私は別に……」

それきり両者の会話が途切れ、お互いにお互いを盗み見ては変に視線を逸らすことを繰り返す。

けれど、いつまでもそうして居られなくて、理乃は自分で自分に気合いを入れつつ、可愛くない意地を張る。

「ネックレスだって、頂き物だし、シンプルで可愛くて好きなデザインだから、つい」

本当は、着けていてほしいと願った柊木の顔がもう一度見たくて、彼が本気なのか確かめたくて、あえて選んだのに、そんな風にごまかしてしまう。

けれど柊木は理乃の意地の裏にある照れすらも見透かしている様子で、口元に手をあてて笑い、それから、ネックレスのトップを、ついで額をつつき、小さな声で言う。

「そうやって俺を意識してくれるのも、意識して可愛いところを見せてくれるのも嬉しいよ」

意識なんて、と意地をはりかけ、だが、どうせすぐに見抜かれるだろうことに思い当たり、理乃はわざと頬を膨らませ頭を左右に振る。

「人をからかうのもそこまでにしてください。ともかく、休日なのはわかりましたが、どうして病院に？」

「休みでも自己研鑽《けんさん》は必要だろう」

回診の時間が終わりだしたのか、ちらほらと人が行き交うのを見て、柊木は顔を無表情に変化させ、そっけなく言う。

「論文に手を入れたい。……一日仕事になると思うが、医学図書館で研究関連の資料を探す手伝いを頼めればと思っているのだが」

恋する女性ではなく秘書として言われ、理乃はスツールから降りて背筋を伸ばす。

「はい。大丈夫です。……私は柊木先生だけの秘書ですから」

やられっぱなしで、いいように掌で転がされているだけなのが悔しくて、わざと〝だけ〟と付け加え、澄まし顔で返事をすれば、途端に柊木が眉間の皺を深くし小声でぼやいた。

――結局、好きな女には勝てないな。と。

「台湾出張⁉」

「ああ、そうだ。だからパスポートを取っておいてくれないか」

無理だとか、駄目だとかの拒否を一切聞く気がない、完全に理乃が帯同すること決定済な発言に大口を開けて呆れたのは、十月も中頃を過ぎ、いよいよ肌寒さを感じるようになってきたとある日だった。

あれから柊木と理乃の関係は、近いようで遠いような――なんとも捉えどころのない距離感で続いていた。

とはいえ、身体の関係は最初の一回限りだし、理乃も柊木の告白に返事をできないままずるいとわかりつつ、それまでの日常を無理に続けようとあがいていた。

――柊木を好きだと言うことはできない。だが彼を意識せずにもいられない。

どっちつかずで煮え切らない自分に苛立ち、情けないと思う反面、同時に、誠実に向かい合ってくれた柊木には、やはり本心から誠実に向き合うべきではとも考える。

諦めてしまえと魔が差す瞬間があるのも事実だ。

なにせ柊木は大手美容外科グループの御曹司で、グループの利になる花嫁をと彼の父親はもちろん、グループに籍を置くことで利益を得ている理事たちまでもが決めつけており、候補を探すことに暇がない。

もともと女嫌い以外、これといって欠点のない人物だ。

理乃が彼の恋人にはなれないと断り、彼が諦めれば――その欠点すらも消える可能性すらある。

なのに日々、柊木を目で追ってしまう。

元々秘書として、彼の居場所を把握したり、なんのタスクをこなしているか観察したりしていたので、見ていることには変わりはないが、脳が拾い上げる情報に異性を意識した視点や、彼自身の個性というものが追加されてきた。

たとえば、冷めて酸っぱくなったコーヒーが嫌いなくせに猫舌で、最初の一口を飲んだ後に小さく舌を出す子どもっぽい仕草にドキリとしたり、疲れてくると目の下の泣きぼくろがあるところを何度も指で触れる様子に心配したり。

なにより、誰も気付かないだろう大勢の中から理乃を見つけ、嬉しそうに目を細める愛しげな眼差しに胸が苦しくなったり。

こんなんじゃいけないと思えば思うほど、彼を意識して、感情の沼にはまっていく。

仕事に影響が出てはと気を張るおかげか、秘書としての役割は今までよりさらに的確となり、最近では彼の研究に関する資料を探すのにも随分こなれ、他の先生からも頼りにされることが増えてきた。

柊木はそれが少しだけ不満なようだが、理乃は自分の働きが認められているようで嬉しいし、そうして他の先生を手伝うことで、柊木自身の評価も上がっていくのが自分が褒められるよりずっと誇らしい。

柊木だってそれがわかっているのか、拗ねた表情を見せはするものの駄目だと言うことはなく、逆に理乃が行き詰まれば、誰より早くフォローしてくれる。

少しだけ困ることがあるとすれば、エレベーターの中ぐらいだろうか。

他に人が居る時はなにもないが、二人きりになると焦れたように指が伸ばされ、手首から指先までをつっとなぞられ、それから試すように指を攫い、絡め、階数ランプが止まるその瞬間まできつく握られる。

小学生のような恋人とも言えない触れあいだが、彼の手はオペの後でも理乃への恋情で熱く、指の脇で理乃の指の同じ部分をそっと擦るやりかたは、子どもと言えないほど官能的で、誰かに見られたらという罪悪感と、密室だけで行われる素肌の触れあいがもたらす罪悪感でドキドキしてしまう。

これが深夜で誰もいない時間帯となると、手の甲に口づけされ、手首に舌を這《は》わされることもあり、彼がどれほど理乃を欲しているのか、突き上げる劣情を堪え、心を望んでいるのかが伝わってたまらなくなる。

一度は、小さく声を上げてしまったほど、彼の密かな愛撫は日々巧みに磨かれていき、そのうち、手が性感帯になってしまうのではないかと心配になるし、すれ違いざま、からかうように髪にさらっと触れられることですらゾクゾクする自分は変なのではないかとさえ思う。

心が傾いていく、強い情熱の奔流に流されていく。

だから、パスポートを申請するために休暇を取れと言われた時は、少しの冷却期間を得られたことにほっとした。

最近は休みですら、ぼんやりしていると柊木のことを考えていて、彼からまったく逃れられないぐらいなのだ。

茨城にある市役所で戸籍を取った後、実家に寄って家族と過ごせば、偏りすぎている思考が少し休ませられるかもしれない。

折良く母親から、最近顔を見せてないけど大丈夫か。晩ごはんでも食べに来ないかと誘われたのもあり、理乃は朝から西新宿の中央公園近くにある自宅から東京駅まで出て、その後、常磐線《じょうばん》を使って水戸まで列車に揺られる。

掃除や洗濯など一通りの家事と仕事の雑務をして出てきたため、時間は十四時過ぎという中途半端な時間になってしまったが、そのぶん車内は空いていて、あまり苦労もせず席に座ることができた。

駅を一つ通過するに従って、高いビルや高架の数が減っていって、代わりに一戸建ての民家や学校などが見えてくる。

時間とともに広くなっていく空を車窓越しに眺めながら、空ってこんなに青くて広いものだったのだなと気付く。

東京の空はいつだってビルの直線に区切られて、どこか幾何学的な趣《おもむき》があったが、地方に出るとまるで違う色と顔を見せてくれる。

ちょっとした日帰り旅行だなと心の中でつぶやきつつ目を閉じているうちにうとうとしてしまい、気が付いたら目的地である水戸駅となっていた。

荷物をまとめプラットフォームへ降り、人の流れに従って改札をくぐる。

タイル敷きの構内を歩いて北口を出れば、諸国漫遊しつつ世直しをしたとされる、有名な時代劇の銅像が建っていて、その周辺にはスマホを片手に人待ち顔の男女がちらほら立っていた。

変わらないな、と思いつつロングセーターのハイネックを掴んで引き上げる。

思ったより少し寒い。

(髪を下ろしてきてよかったな。いつもみたいにお団子にしていたら、首筋がすうすうして風邪をひいちゃったかも)

ラフにまとめ、わざと後れ毛を何本か出したナチュラルヘアに手を当てれば、丁度、カフェの窓に自分の姿が映っていた。

真ん中にざっくりと縄目模様があるマキシ丈のロングセーターに、シンプルな一粒真珠のピアス。

髪をまとめるゴムはフェルトでつくられた花のついたカフを つけており、全体的な色はモカで統一し、バッグだけ明るめなオレンジのトートにしている。

いつもと別人みたいだ。それとも、そう見えるのは柊木が選んでくれた服だからか。

外商のＶＩＰルームで勧められた時は、まあ暑いし季節的に早いとためらったものの、一月経った今では暖かいのと着心地がいいのですっかり休日の定番となっている。

(風邪を引いたら俺が困る。なんて言っていたけど、本当に)

理乃を、大事に思っている――。

耳元で囁かれた気がして、ぱっと辺りを見回すも、当然、柊木がいるはずもない。

休日で、距離さえいつもより随分離れているのにと、ドキドキしながら鎖骨のあたりへ手をやると、ダイヤモンドの花が服の下で小さく揺れた。

「今日は、考えないつもりだったのに」

ふう、と溜息を落として気をとりなおし、理乃はバスに乗って移動する。

市役所は思ったより混んでなくて、パスポートに必要な戸籍謄本は三十分も経たず手に取れた。

そこからぶらぶらと歩きながら実家へと向かう。

夕方となったからか、街路を曲がるごとにランドセルを背負った小学生や、詰め襟の中学生らしき姿を見かけたが、そのほかは野良猫が数匹行き交ったぐらいで、理乃はブロック塀や生け垣をなんとなしに眺めながら、あんな処にコンビニができたのかとか、公園の遊具が減ったなとか、できるだけ柊木のことを考えないようにして家への道を辿る。

四角い箱を組み合わせたコンクリート打ちっぱなしの二階建て――理乃の実家の前に到着し、

呼び鈴を鳴らすのも変かと扉をあければ、ただいまを言うより早く、母が飼っているチワワの小太郎が、玄関の半分を占めるスロープを転がるように走り降りて、理乃の足下で跳びはねる。

千切れんばかりに尻尾を振って歓びを表す小さな生き物を抱き上げ、顔を舐められないよう気を付けながら声をかければ、居間の方から母が「あら、早かったわね」と声をかけた。

勝手知ったる家の中を歩き、廊下の突き当たりにある居間へ入ると、髪をピンクブラウンに染めた女性が、ニヤニヤ笑いながら理乃へ言う。

「よかったね、丁度お茶を入れたところだよ。お土産はなに？」

姉の詩乃だ。

彼女は理乃の腕から小太郎を取り上げ、こたつに突っ込んだ膝の上に乗せ撫《な》で回し、もう一度、お土産は？　などと聞く。

「週に一度は東京に来るくせに、お土産がいるの」

呆れつつ聞けば、「せいぜい二週間か十日に一度だよ」と手をひらひらされた。

仕方なくトートバッグから、病院がある新宿で人気のショコラティエから購入してきたプラリネの箱を出せば、やったとはしゃがれた。

これでは、どちらが姉で妹だかわからない。

そんな風に呆れていると、台所で晩ごはんの仕込みをしていた母が、エプロンで手をふきふきやってきて、理乃を見て目を丸くする。

「あら、理乃、あんた結構お洒落になったじゃない」

親が気付くほど変化しているのかと、気恥ずかしくなり、目を逸らす。

「まあ、たまにはね」

毛先をいじりつつ言えば、母と姉が異口同音に理由を問う。

「いい人でもできた？」

「男でもできたんでしょ」

違います、といいかけて、なぜか言えなくて肩をすくめ、理乃はこたつの定位置に座り足を温める。

「変かな」

「全然。似合うわよー。目鼻立ちはいいんだから、お洒落しなきゃ勿体ないわよ」

自分が着飾った時よりうきうきと言う母の横で、姉はさっそくチョコレートを一粒、口へ放り込み採点する。

「全体的にいいけど、髪が少し重いな。……毛先だけカラーをいれたら？　大分変わるよ」

「うーん」

「理乃はお祖母《ばあ》ちゃんに似て、黒髪のド直毛だものねえ。お姉ちゃんにやってもらったら？　今日も明日も休みらしいし。御飯までもうちょっとあるから」

姉が差し出したチョコをぱくついた母が、言うだけ言って台所へ戻ろうとする。

「いやいや、やってもらったらって、いつものカットとは違うんだよ」

美容室代がもったいなくて、伸びすぎになったら毛先だけを揃えてもらっていたのは認める。だが、普通、家にカラーの道具なんてないだろう。

「それができるんだな。……色は私みたいに派手なのじゃないけど、全体だけじゃないからカラーリング剤の量もいらないし。トリートメントは買ったばかりだから。やっちゃおうよ」

はいはいと言われ、強引に押し切られてしまう。

こうなった姉の考えを変えさせるのは至難の技だ。

「病院で苦情がくるような色だけは絶対やめてね。あとあんまり派手にしないで」

「わかってるってー」

二つしか年齢が違わないからか、あるいは中学生頃から喧嘩《けんか》らしい喧嘩もしたことがないからか、和やかな調子でバスルームへ連れて行かれいかれ、毛先を染めるだけじゃなく軽く梳かれ、おまけにトリートメントをきっちり二回入れられて、理乃は、今度はチョコレートだけじゃすまないなと苦笑した。


バスルームを出ると、醤油《しょうゆ》とだしのいい匂いがした。肉じゃがだ。

こたつへ戻ると、山盛りの肉じゃがに納豆と葱《ねぎ》をいれただし巻き卵、茄子の揚げ浸しにこんにやくの柚子味噌《ゆずみそ》田楽と、理乃の好物ばかりが並べられていて、たわいない話とビールを挟みつつ、無我夢中で箸を動かしていた。

しっかり食べて、片付けを手伝い、食後の煎茶を前に、あと一時間ほどしたら帰らなきゃなと思っていた時だ。

母と姉が顔を見合わせ、それから代表するように母が口を開いた。

「理乃、あんた悩み事があるんじゃないの」

見透かされ、心臓が止まりかけた。

嫌だな、そんなことないよ。全部順調だよ。心配しないでと、いつもの呪文を口にしようとすると、肘を突いて顎を乗せた姉が、不満そうに唇を尖らせ先を制する。

「理乃って、悩みとかきついときだけえくぼができるから分かり易すぎるんだよね。えくぼなのになんでかね」

「顔が引きつらないようにしつつ無理に笑うから、口角挙筋《こうかくきょきん》あたりの靭帯《じんたい》がへこむんじゃない？」

姉のツッコミに、母が看護師らしいボケた解答をする。

「そうなの？」

自分でも気付いてなかった癖に頬を隠せば、母が子どもの頃からだから今更よ、などとトドメを刺しにくる。

「どうしても嫌なら、まあ、形成外科で治せるでしょうけれど」

二杯目のお茶をいれつつ、母がフォローを入れるがそれが致命傷だった。

思わず机の上に突っ伏して、身悶えしたいのを我慢する。

(ということは、柊木先生にはモロバレだったってこと？　全部が全部⁉)

言われれば顔面の筋肉や骨の構造を修復したり、形を整え綺麗にするのは形成外科が担当する分野の一つだ。

柊木の専門が微小外科手術《マイクロサージャリー》と呼ばれるもので、リンパや血管、神経などをごく細い糸で縫合する技法や焼け落ちた皮膚や組織などの移植だったので、あまり深く考えずにいたが、医師である以上、学生時代に習っているのは当たり前で——つまり、理乃以上に、理乃の気持ちなどお見通しなのだろう。

(そう言えば、無理して笑うな。って怒られたこと何回か……ある)

気付かれてないと思い込んで、え、なんのことですか？　とますます笑顔を強め、その結果、さらに柊木が不機嫌になっていた過去が頭をよぎり、変な汗が背中に滲む。

たしか一年近く前からだったか。

だとすれば、本当に柊木は理乃を意識し、さりげなく見守り、結婚するのだと我慢し、幸せを願っていたということだろう。

それも知らず、へらへらと笑って誤魔化し、できる秘書のふりして日々踏ん張っていた自分は、道化ではないか。

「もう、私、仕事に行けない……」

羞恥で息絶え絶えになりつつ呻けば、犬の小太郎と遊んでいた姉が、ふふんと鼻を鳴らして笑う。

「なに？　職場の人間関係がエグくて悩んでんの」

「エグくはないけど……いや、エグいか、いや、うーん。まあ、でもそう」

はっきりしない口ぶりで返したのに、姉は大して深入りもせず、小太郎の手を取り、理乃のほっぺたに肉球を押し当てさせて笑う。

「大人になったじゃん。悩みを人に相談できて、弱音を吐けるようになって」

「えぇ……？」

大人とは独り立ちして、自分でなにもかもできることだと考えていた理乃は怪訝な声をあげつつ、身を起こす。

「そうよお。弱くて駄目で汚いところ見せて、それでも自分はここまでしかできません。でも成長しますから力を貸してください。って人を頼る能力がついて、やっと〝社会人〟なんじゃない？　なんでもできる人間なんていないわけだし」

ミカンを剥《む》いていた母がのんびりと言った台詞に目から鱗《うろこ》が落ちる。

一人前の大人イコール社会人だと思っていたが、社会は決して一人の人間だけでは構成されない。

だとしたら、頼り、任せることもまた必要とされる事なのかもしれない。

「頼られちゃうと、やっぱほろっと来ちゃうわけよ……」

「わかるわー、私がいないと駄目な感とかねえ」

うんうんと母娘そっくりの仕草でしみじみと同意しあう姉と母に、理乃は厳しい目を向ける。

「それで駄目男にひっかかって借金をかぶされたら嫌だからね」

「わかってるわよ。……父さんで懲りてるわ」

今ならDVと言うのかもしれないが、結婚した途端大声を出して物を投げて、家族を恐怖で支配して、あげく、居心地のいい家庭をつくれなかったお前が悪い。と、家のローンおよび借金もろもろを母に被《かぶ》せて浮気相手と逃げた父以上など、子として勘弁してほしいので、理乃は大きくうなずいた。

「私も、いい加減真面目に生きなきゃねえ。……人を見る目を養うというかさあ。最近、めっちゃ身に染みたわ」

嫌な客でもあたったのか、姉までも駄目男卒業宣言じみたことを言うので驚く。

が、それだけでは済まなかった。

「理乃もよ。仕事だけが人生じゃないからね。恋愛だけが人生じゃないのと同じ。嫌とか無理なら仕事を辞めても、お母さんもお姉ちゃんも全然大丈夫よ」

聞きたかったことの答えをなんの他意もなく述べられ、理乃は動悸が止まらない。

「いや、仕事を辞めたら生活とか、借金とか」

「困らないでしょう。家のローンも借金も、借り換えだのなんだので今年いっぱいでなんとかなりそうだし、こっそり貯金なんかしはじめてるし、失業保険だってあるじゃない」

母は、ただまっとうなことしか言ってないのに、瞬きが止まらない。

目が潤みだしているのが見えるだろうに、姉は別に気にするでもなく、いつもと変わらぬ調子で続けた。

「そーそー。……いざとなったら、また女三人でここで暮らすのも悪くないし？　あ、そうだ、三人で温泉とか行ってみたいなあ。子どもの頃にあたしが福引きで当てた時以来じゃない？」

「いいわねえ！　そうしましょうよ理乃。そうしましょう」

まるでこちらなど見ず、テレビを見つつ二個目のミカンを食べていた母がはしゃぐ。

「なんとかなるから。あたしたちはさ。深く考えないで、自分の心のままに行動するのが一番近道かもよ」

ふぁ、とわざとらしいあくびをして姉がこたつで寝転がり、下敷きになりかけたチワワの小太郎が理乃のほうへ逃げてくる。

それを抱き留め、温かく柔らかい手触りを感じながら、理乃はそれ以上に温かいものを家族からもらった気がしていた。

なんだかプライベートの旅行みたいだな、と、成田空港のビジネスラウンジでコーヒーとアイスクリームを頂きながら理乃は隣のソファで目を閉じている柊木をちらりと盗み見る。

彼の姿はざっくりとした白いセーターにビンテージのデニム、その上に英国老舗ブランド御《ご》謹製《きんせい》のチェスターコートを羽織るという、完全カジュアルだ。

一方理乃は——と、言いたいところだが、前日に口うるさいほど普通の服でいいと言われ、あげく理乃が初の海外旅行だと知って、パソコンの表計算ソフトで作成された、持っていくものリストと旅程表まで渡された。

そこまでされずとも、リムジンバスぐらいわかりますと反論したが、行き来はリムジンでもハイヤーでもなく柊木のスポーティーな藍色の外車だった。

(行き先が成田空港じゃなかったら、また、デートに行くのかなって勘違いしそう)

ソファに深くかけ、腹部で手を組んでリラックスしている様子の柊木は、それ自体が雑誌から抜け出てきたように決まっている。

(おまけに場所がビジネスラウンジと来た)

普段は買うのをためらってしまうようなお高いアイスが食べ放題。ワインだって飲み放題で、バイキング形式の軽食が並ぶカウンターの向こうでは、白い山高帽のコックが鍋を振るっている。

(待遇がよすぎませんかね。いくら招待されたとはいえ)

台湾の大学医学部で形成外科をとりまとめている教授と打合せだとかで、今回のチケットはあちら持ちだと言われたので、てっきりエコノミーかと思ったら、まさかのビジネスクラスとは。

区間が短いのでファーストクラスがないらしく、事実上最上級の扱いだ。

海外の学会に参加することもある柊木は、招待ならそんなものだろうと飄々《ひょうひょう》としていたが、ビジネスクラスどころか海外自体が初めてな理乃は、ＶＩＰ扱いに恐れ入ってしまい、楽しむどころではない。

手荷物を預ける時、柊木がスーツの入った革製ガーメントバッグも預けていたから、仕事には違いないのだが、いまいち働きに出ますという感がない。

出発日である今日が祝日であることも相まってか、ラウンジの大きな窓から見える免税ショップエリアは旅行客とおぼしき人々で溢れており、賑やかなのもあるだろう。

まあ、初日と最終日は移動だけ。三泊四日の滞在な上、帰国の翌日は公休の日曜日となれば、こんなものなのかもしれない。

長財布に入れていたチケットを取りだし、眺めている。

「それにしても、四時間は長いなあ……。もっと近いかと思ってた」

他に同行者もない気易さで独り言を漏らせば、横で寝て居る風だった柊木が即座に返す。

「時差」

「え？　時差なんてあるんですか？」

「こちらより一時間早い。だから飛行機に乗ってる時間は実質三時間弱か」

「へえ……。沖縄とそんなに離れてない感じなのに、不思議ですね」

目を丸くしていると、軽く伸びをした柊木がそのまま手を理乃の頭に乗せてぽんぽんと叩く。

「わ、なんですか。子ども扱いですか？　どうせ海外初ですよ」

「子どもあつかいじゃなくて、驚く様子が新鮮で可愛いなと思って」

不意打ちで可愛いとか言わないでほしい。

手荷物検査も出国手続きも終わった以上、ここで知人に会う確率はほとんどない。だからか、柊木は今まで我慢していたことを全部試すように、理乃にやたらと触れたがり、いちいち可愛い、好きだと口走るのが困る。

いっそ到着まで寝ていてくれたほうが、と赤くなりつつ頬を膨らませていると、目の前の電光掲示板に、もうすぐ理乃たちが乗る飛行機の搭乗手続きが始まると表示された。


台湾桃園空港から、直結しているＭＲＴ――モノレールと地下鉄を合わせたようなもの――に乗って一時間。

東京を出て五時間ほどで、あっというまに異国の首都へ到着する。

「う、わ……」

東京とさほど変わらない地下道から駅に上がった理乃は思わず声をあげ、顔を上に向けてしまう。

一体何階まで吹き抜けになっているのだろう。

台北《タイペイ》駅のエントランスは白と黒のタイルを大きな正方形で区切った、まるでチェス盤のような床があり、そこから遙《はる》か上まで吹き抜けになっていて開放感がすごい。

人通りは結構あるのに、空間が大きく取られているためか人にぶつかるかもという心配もなく、駅といえば人混みと思い込んでいた理乃はそれだけでびっくりしてしまう。

首が痛くなってきたので視線を上から下へと降ろしていくと、二階にあるレストランエリアが目に入り、そこに日本でも知られる牛丼チェーンやラーメンの看板があることにさえ感嘆する。

エントランスが広いためか、四隅のほうに学生が集まって座り込み賑やかに話し込んでいたが、なぜか黒いタイルの上ばかりにいて、これはあれか、京都の鴨川縁《かもがわべり》にカップルが等間隔に座るのと同じ謎の法則かと、どうでもいいことまで考えていると、柊木が理乃の腕を取る。

「ほら、ぼーっとしていると危ないぞ」

「えっ、スリとかいるんですか！」

思わず貴重品の入ったトートバッグを抱きしめると、柊木がぷっと吹き出して頭を振る。

「さあ？　何度か来たことがあるが、スリが出るとは聞いてないな」

海外といえば治安の悪さが気になるところだが、柊木が言うには台北は日本とさほどかわらないほど安全で、遅くならない時間であれば夜歩きしても全然平気なのだという。

「晩飯を食べるには早い時間だからな、少し腹ごなしに観光名所を歩こうと思うんだが、付き合うか？　それともホテルで休憩したいか？」

「歩きたいです！」

前のめり気味に返事をすると、柊木はすごく嬉しそうな顔をして理乃と手を繋ぐ。

荷物は空港からホテルへ直送する手配がされていたので、身の回りの貴重品だけで気軽に移動できるのは嬉しいが、片手が空いているから振りほどくこともできない。

(多分、本当は、振りほどかないといけないんだろう、けど)

彼の気持ちに応えるか否か、いまだに結論を出せていない以上、期待させる態度はよくないし、なにより、断った後に思い出して辛くなるのが怖い。

ためらうように空に指を泳がせていると、柊木が大丈夫だと言いたげに自分の指を絡め、しっかりと繋ぐ。

「理乃を連れて行きたいところがあるんだ」

こちらを真っ直ぐに見て、真剣に言われ理乃は白旗を振る。

ここは外国で、知っている人はいないというのも理乃の背中を押して——。

気が付いたら、彼の手の甲に指を沿わせ、離れないようにしてしまっていた。

それが意外で、そして嬉しかったのだろう。

柊木は見蕩れるほど鮮やかな笑みを浮かべ、繋いだ手を持ち上げそこへ唇を落とす。

「離すなよ。……といっても、俺が手放さないが」

そんなことを言いながら、丁度目の前に来た黄色いタクシーに手を上げ停車させると、英語ではなく中国語――正式には台湾華語というらしいが――でやりとりしだす。

また、あの夢のような一日が始まるのか。いや、これは仕事で来ているから。と、気持ちを忙しく揺らしていた理乃は、彼らの会話があまり聞き取れず、なんとかスイガとかシュイホーとか繰り返したことだけ理解できた。

気持ちが定まらないまま、車で走って二十分ほどだろうか。

「俺がいいというまで、目を開けるんじゃないぞ」

唐突に柊木がそんなことを言いだし、えっと瞬きしていると、こらと怒られ目を手で塞がれる。

片手で両目を塞がれたまま、残る片手で腰を抱かれ歩く。

知らない国で見えないまま歩くなんて危ないだろうにちっとも怖くない。どころか、変な安心感がある。

腰から背中にかけて理乃を抱く男の腕の力と温もりに、視界がゼロだからと言いわけして身を任せ歩く。

「もういいぞ。ほら」

言われ、そろそろと目を開けた理乃は、口を開いて、でも声をだせないまま指先を唇に当てる。

一面に広がる凪いだ海。その向こうに台北の近代的なビルが見える。

そして景色を構成するすべてのものが、沈み始めた夕日の輝きで蜂蜜色を帯び、黄金境のようにキラキラとまばゆく輝く。

港沿いにある煉瓦《れんが》でできた洋館の並びを見て、淡水河《ダンシュイホー》と呼ばれる台湾屈指の港で、かつては水運船の発着地だったと飛行機内で読んだ旅雑誌に書かれていたのを思い出す。

一年を通じて凪いでいるとか、近くに昔ながらの繁華街がありタイムスリップ気分が味わえるとか、そういう情報も併記されていたが、今見えている景色を語るにはまるで足りない。

遠くに、ランドマークとなる高層ビルで銀の槍のようにもみえる台湾１０１や、周辺の貿易センタービルなどの近未来的なデザインビル群が、側には昭和からあり、地元の人々とともに風雨に耐えた侘《わ》びた煉瓦の館が並ぶ中、刻一刻と色を変えて夜闇に染まり影となる。

代わって鮮やかに視界を彩るのは、台北中心部の色とりどりのネオンやビルの白く鋭い光の夜景。

すごい、とも、美しいとも違う。

ただただ壮大で、それでいてもの悲しくて、なのに夜となった途端、人が作り出したネオンの熱量と輝きにエネルギッシュさを覚える。

色々なものが渾然《こんぜん》となって調和し、さらに高みへと至る未来を感じさせる空気は、確かに日本にはない外国で――こんなことがなければ、理乃は一生知ることもなかった世界だ。

「ありきたりですけど、人は感動すると、声すら出なくなるんですね」

「だろう？　すごいよな。古いものをそのままに残しているのに、あんなに高度発展し、まだ伸びようとする力は」

同じように感じたことに、シンパシーを覚えつつ理乃は揺らいでいた気持ちが、静かに、そう、目の前の海のように凪いで行くのを感じる。

過去は過去として残し、未来をさらに輝くよきものにと願う。

繰り返しの日々に精一杯で、失敗や余計なタスクや責任を負うのが嫌で、過去がこうだったから、未来もこうだといつしか凝り固まって、臆病になっていた気持ちが息を吹き返していく。

――深く考えないで、自分の心のままに行動していい。なんとかなる。

今までだってなんとかしてきたのだ。怖いからと逃げてばかりでは、真正面から気持ちをさらけ出してくれた柊木に対し失礼だ。

いつまでも待つという言葉に、甘えていちゃ駄目だ。

静かに、海風のように静かに決意が固まっていく中、不意にパシャリと水が跳ねるみたいな音がした。

ふと横を見ると、二歩ほど離れた位置から柊木がカメラを構えていて、夜風に吹かれる理乃の写真を撮っていた。

「ちょっ……、柊木先生！　それ、仕事用じゃないですか！　いいんですか！」

メタリックレッドとブラックの二色をし、望遠も接写も大丈夫かつ、画素数はスマートフォンの数倍という、プロ仕様のカメラは、形成外科に入局した医師が必ず買う品だった。

整形外科が壊れた骨などの形を整え活動機能を維持する診療科であるのに対し、形成外科はない部分、あるいは崩れた部分に〝新しく創り出す〟ことにより、より質の高い人生を送れるよう背中を押す診療科だ。

火傷《やけど》した部位へ別の皮膚を移植し定着させる治療や、癌や交通事故で崩壊した部位を創り直すことは、一度で終わることではない。

そのため、段階的な記録を残さなければならず、外来で必ずといっていいほど使う品なのに。

心配しつつ柊木を見れば、彼は、データを記録するカードを持つ仕草をしてみせ、片目を閉じる。

「大丈夫、患者のデータは日本に置いてきてる」

「だからって……、私の写真を撮ることないじゃないですか」

感動で無防備だったので、笑顔をつくる暇もなかったことに拗ねれば、そういう普通の表情がいいんだよとまたパシャリとやられる。

「もう！　私ばっかり撮ってないで、柊木先生も撮ればいいじゃないですか」

変な顔になってたかもと羞恥に顔を上気させつつカメラに手を伸ばす。

「おい、片手じゃ無理だ。意外に重いんだぞ」

「そんなこと言って、っ、あ、もう！」

くるくる回りながらカメラを奪い合ううち、手すりの端に追い詰められた柊木と勢いあまった理乃がぶつかる。

「危ない！」

抱き込まれながら、今がチャンスと手を伸ばした時だ。

触れた場所がボタンだったのか、シャッター音が鳴ってフラッシュが二人を包む。

「うわ……。一枚無駄なものを撮ってしまった。データを使い潰すまで理乃を撮ろうと意気込んでいたのに」

「丁度いいのでやめてください。って、じゃあ、なにが撮れたんですか」

「さあ？　確認してみ……」

カメラの背面にあるディスプレイを見た柊木が目をみはり、ついで、喉を震わせ、しまいには声を上げて笑いだす。

「なんですか。港だからネズミでも写っていたんで……」

背伸びしてディスプレイをのぞき込んだ理乃は、柊木と同じく言葉を失う。

そこには見事にバカップル二人の自撮りが表示されていた。

しかも二人とも、見ていられないほど幸せそうな笑顔だったりする。

自分がそんな表情をしていたなんてと驚き、ああ、だから柊木も笑ったのかと理解した途端、なにもかもがおかしくなって、理乃まで腹を抱えて笑いだす。

楽しい。本当に、心からなんのしがらみもなくただひたすらに〝楽しい〟と思えた。それが幸せだとも感じ、最後に、願わくば柊木も同じであればと祈り、理乃はついに降参する。

知らないうちに恋していた。

いや、違う。一つ一つの優しさや気遣い、思いや眼差しが雪のように積もり積もって、理乃の心を恋情で満たしたのだ。

（私、柊木先生が好き）

試しに呟くと、いままでモヤモヤしていた心にしっくりと馴染み、嵐が過ぎ去った後の海のように、一秒ごとに凪いでいく。

ああ、そうだ――確かに自分は恋をして、柊木を好きになっていたのだと。


夕食は観光名物ともなっている夜市で済ませることで意見が一致した。

もともと子どもの頃からお祭りや、その出店の食べ物が好きだった理乃にとっては、屋台街でもある台湾の夜市は密かに行ってみたいと思っていた場所な上、実際に足を踏み入れれば、思った以上に縁日的な雰囲気かつ、飲食屋台の数も種類も多かった。

八角《はっかく》やスパイスを利かせた香ばしい鶏やスペアリブの唐揚げに、モツやウズラの卵を串に刺して味噌煮《みそに》込みおでんみたいにしたもの、定番はトロトロに煮込んだ醤油味《しょうゆあじ》の豚角煮を御飯にかけた小どんぶりのルーローハンで、びっくりするほど日本の味付けに似ていて、でも香辛料が異国風でたまらない。

けれど理乃が一番気に入ったのは蚵仔煎《オアジエン》という、泡立てた卵と牡蠣《かき》のオムレツで、最初は貝類だから食べないつもりだったのだが、あまりにも柊木が美味しそうに食べるから、おっかなびっくり一口貰うと、ふわとろっとした卵の優しい味の上に牡蠣の濃厚な風味が広がり、端の焦げたところがパリッと当たるのもアクセントになっていて、とにかく、テーブルの下で足をバタバタさせてしまうほど美味しくて、柊木は笑いながらさらに二皿取ってきてくれた。

だけど一番のごちそうは、適当に並べられたテーブルと椅子に寄り集まって、わいわいとその日の出来事を現地の言葉で語りつつ、食欲旺盛に皿を空にしていく台湾の人々だろう。

気心知れた家族や仲間と笑顔で食事をする姿を見ていると、こちらも同じ品を食べたくなったり、負けてられないと食欲が湧いてきたりと大変だ。

薄く削ってリボンのようにしたフワフワのかき氷や、豆乳をプリンのように固めたものに豆餡《あん》や甘く煮たマンゴーをかけた豆腐花《トウファア》を二人でシェアして食べて、もうこれ以上は無理というほど腹一杯になったのに、ホテルに着く頃には、確かウェルカムデザートにパイナップルケーキが置いてあったなとほくそ笑んでしまう始末。

しかし、招待した教授が、というか彼の秘書が予約した部屋に入ると、途端に食欲どころではなくなってしまう。

台湾の星付きホテルには基本的にシングルという単位は少ないようで、二人の部屋は同じスイートルームだった。

「俺の伝え方が悪かったのかもしれないが」

「いいえ、外国ですし。文化が違うのもあるでしょうし」

「そういってくれると助かる。まあ、スイートだから寝室はそれぞれに鍵が掛かるから、それで」

いいつつ、柊木が小さなアンティーク調の鍵を理乃へ渡し、ダブルベッドの方へ荷物を運んでくれる。

最初は、シャワールームが個別でついていて、ベッドもクィーンだからとマスターベッドルームを勧められたが、主客である柊木を差し置いて、秘書の理乃が主寝室を使うのは変だと断った。

「そのかわりバスルームは好きに使っていいぞ。覗いたりしないから。いや、覗いてほしいなら是非覗くが」

「三回も〝覗く〟と言っても、駄目です」

冗談なのか本気なのか分からない柊木を、笑ってかわし部屋へ入る。

さあ、ここからが戦闘準備だと深呼吸をして気合いを込めて、バスルームへと出陣する。

いつもより念入りに髪と身体を洗って、完全に乾くまでドライヤーでブローする。

勝負する気がなくても持っていけとうるさい姉の勧めで買って、ボストンバッグの底にいれていた、レースやシフォンの生地でできた下着にこわごわと脚を通し、いかにもな赤い瓶に入った香水を中空に振って、その下をくぐる。

薔薇とカシスの香りがふわりと理乃を包み込み、魅力という名の鎧を纏わせた後、理乃はホテルのバスローブに手をかける。

これ以上は無理というほどしっかりと胸元を合わせ、腰の帯を固く結ぶ。

素足をスリッパに通した途端、身体が不安におののいたが、もう後戻りはできない。

深呼吸をしてバスルームを出れば、リビングの窓一杯に広がる台湾の夜景が目に飛び込んでくるが、理乃にそれを楽しむ余裕はない。

一歩ごとに鼓動を高めていく心臓を守るように、左手を胸の上に置き、息を詰めて目的の扉の前に立つ。

「柊木先生、少し、よろしいですか」

どんな風に声をかけていいかわからず、結局いつもの秘書そのものな口調で問えば、急いた足音とともに扉の向こうから返事があった。

「理乃？　どうした。具合でも悪いのか。腹痛とかか」

予想外の訪問に驚いたのか、扉を開かないまま答えられ、やっぱりやめておいたほうがと弱気が頭をもたげる。

それを意志の力で無理矢理に押さえつけて、理乃ははっきりとした口調で述べる。

「いえ。……少し、お話したいことが」

あくまでも冷静に演じようとしたのに、感情の昂ぶりから声が上擦ってしまう。

「……話？」

未だに開かれない扉を挟んで柊木が呟き、それからこちらにまで聞こえるような溜息を落とされる。

「明日じゃダメか」

「ええ」

短く応じると、理乃に退く気がないと理解したのか、一拍置いて柊木がドアを開ける。

途端、目の前に艶めいた肌色が飛び込んできて、理乃は思わず飛び上がりかける。

「風呂上がりだったんだ」

下こそグレーのスウェットを穿いているが、上半身はなにも着ていない。

一応、肩からバスタオルをかけ、まだ水滴が滴る髪を端で何度か拭っていたが、それが全裸より妙に色っぽくて目のやり場に困る。

だが相手も理乃と同じだったのだろう。

バスローブにパイル地のスリッパだけという姿を見て、思いきり天井を仰ぎ、額に手を当てる。

それから、なにも言う気がないのかというほど長い沈黙を挟んで、柊木はぶっきらぼうな口調で言い捨てる。

「そんな無防備な格好で、お前に惚れている男の部屋に入ることの意味、わかってるのか？」

憮然《ぶぜん》とした表情な上に、目がつり上がっているのを見れば、相手が怒っていることは知れた。

けれどすみませんと謝る気はない。

否、わかっていて決着を付けに来たのだ。相手が不機嫌になったからといって撤退なんてありえない。

理乃は唇を引き結び、それから真っ直ぐに柊木を見据えつつ黙ってうなずく。

「……入れよ」

大きく扉を開いて理乃を通す。

マスターベッドルームだけあり、理乃が使う予定にしていたゲストルームより倍は広く、花まで飾ってある中、どこに座ればと部屋を見渡していると、横をすり抜け前に出た柊木が、クィーンサイズのベッドの縁に腰かけて、隣をぽんぽんと軽く叩く。

「座れ」

命令口調だが不快感はない。というのも、柊木は理乃に対し支配的に接するような性格でないことに加え、彼の目の縁が、それこそ目元を艶めいてみせる泣きぼくろの辺りまで赤く染まっていることから、照れと困惑で余裕がないのだとわかるからだ。

まったく、とか、本当に、とか、髪の水滴を拭うフリをしつつ、その実、困り果てた様子で頭を掻き乱している柊木から、拳二つ分ほど距離を取って座る。

「で？　話ってなんなんだ」

いつもより硬く緊迫した声で問われ、本能的な怯えからびくっと肩が小さく跳ねる。

途端、また柊木が溜息を落とし、理乃の心配げな視線を遮るように顔を片手で隠す。

――やはり、やめたほうがいいのか。こんな風に伝えるものではないのかもと、色んな不安が渦巻いて、ついでに、この行動が原因で嫌われたり失望されたらと身震いしてしまう。

逃げ出したげに、スリッパの中で伸縮する足指を無理に伸ばしてやりながら、理乃は何度か失敗しつつ話しだす。

「あの……私、先生に告白されて、驚いて、でもゆっくり考えていいと言われて、いろいろ考えました」

それまで、落ち着かなげにしていた柊木が、はっと息をつめ身動きを止める。

静かで張り詰めた空気が二人の間を漂うが、それに負けじと理乃は続けた。

「先生の気持ちに応じることで仕事を失うことになるんじゃないかとか、家族に迷惑がかかっちゃわないかとか、先生の負担にならないかとか……」

指折り告げるうちに、今まで外に出さないようにしていた劣等感までが顔を出し始める。

「他の人達からあんな地味な子じゃなくてもと笑われるのも怖いし、私みたいな普通の人を選ぶなんてと柊木先生が悪く言われるのも嫌だし」

柊木は聞いているのか聞いていないのか、膝の上で手を組んだままうつむき、まるで感情を悟らせてくれない。

だから余計に気持ちが焦って、言いたいことや、言わなくていいことまで溢れてきてしまう。

「私より綺麗で素敵なお嬢様と政略結婚されるって聞いているのに。……だから、付き合っても未来がないってわかっているのに。なのに」

どんどんと自信も勇気も目減りして、理乃はついに膝を掴んで胸を苦しくさせている感情をさらけ出す。

「ごめんなさい、好きです」

泣きたいわけでもないのに、感情が昂ぶりすぎて勝手に涙が出てきてしまう。

「ごめんなさい。好き。柊木先生のことが大好きになってしまいました」

頬を伝った涙が、ぽとりぽとりとバスローブに滲んでいくのをどうにもできず、理乃がうなだれ繰り返していると、わずかに空気が揺らぎ、次の瞬間大きな手が頭を包み込んで、そのまま柊木のほうへ――彼の胸へ抱き寄せられる。

「なんで謝るんだか。……こんなに悩ませるなんて酷いと、俺に対して怒ってもいいんだぞ」

「だって……」

好き、と伝えたことと、頬から伝わる男の体温に気が緩む。

「もっと大人で、スマートで綺麗だなとか、さすが俺の惚れた女って思われるような、素敵な告白をしたかったのに……ごめんなさい。好き。ただ、ただ好き」

情けない。これでは小学生の告白ではないか。

大人としてちゃんとできると思い込んでいた自分の傲慢さと、それを凌駕する柊木への思いを、恋心を自覚し、吐露しながら理乃は彼の胸に顔を埋めてしまう。

「馬鹿だな」

はあっと、熱く熟れた吐息を一つ漏らすと、なだめるように理乃の頭を撫で、いたわりつつ柊木が続けた。

「前から言っているだろう。無理して笑うな、取り繕うなって」

喉を震わせ笑う柊木の振動と優しい気持ちが少しくすぐったい。

泣きながら知らず微笑んでいると、柊木は両手で理乃を抱きしめ耳元で囁く。

「俺を頼って、愚痴って、吐き出してくれ。全部一つずつ綺麗に解決して、もっといい笑顔で笑えるようにするから。理乃のためにそれができるのが幸せだと思うぐらい、惚れているんだから」

どうしようもないほど大きな気持ちに包まれ、理乃はうっとりとしながら目を閉じる。

(私も、同じ。……頼られたい。頑張りたい。二人で幸せになりたい。この人の為に)

そう思いつつそろりと手を伸ばし、柊木に抱きつくと、彼は困ったように微笑みながら、理乃の頬を両手で包み上向かせる。

「その代わり、一生、俺に恋してくれ。後悔なんて絶対にさせないから」

視線を合わせ、真っ直ぐに気持ちを伝えられ、理乃は後悔する暇なんてくれないくせにと、はにかんでうなずく。

「一生かけて恋させてくださいね？」

照れを隠すように茶化していえば、こいつ、と額を突かれて、すぐにその場所に口づけが落とされる。

「抱いてもいいか？」

唇を肌に触れさせたまま、聴覚の限界を試すような囁き声で柊木が希《こいねが》う。

触れあう肌は燃えるように熱く、逞しい胸から響く脈動が理乃の身体にまで響きとどろき、低く掠れた声は身震いしてしまうほど色っぽい。

剥き出しの雄の劣情をさらけ出され、それでも自分の欲望より理乃の気持ちを大切にしようとする柊木を前に、拒絶の言葉など浮かぶはずもない。

どころか、刻一刻と増していく情熱の密度が息苦しいほどで、細やかな刺激にも疼きだした身体をなんとかしてほしいとすら思う。

だから理乃は彼がしているように自分からも柊木の頬を両手で包み、額を合わせながら声を震わせ告げる。

「全部、なにもかも、めちゃくちゃになっても貴方のものだとわからせて」

他になにもいらないと思えるほどに己を突き動かす衝動を言葉にした途端、柊木がすばやく身を翻し、理乃をベッドの中央へと引き上げ押し倒す。

「理乃……ッ」

たまらずといった調子で名を呼ぶと同時に唇を奪われる。

初めての時とまるで違う、溢れる激情を流し込もうという風に、重なるが早いか唇が割られ、飢えた勢いで男の舌が理乃の舌へと絡みつく。

激しく舐め回されて、あっというまに口の中が唾液で一杯になり、ぐちゅぐちゅと嫌らしい音が頭蓋骨を伝って脳の芯に響きだす。

ぐいと顎を掴み傾けられて、痛いほどの力と強引さになぜか心がきゅんと疼く。

唇はこれ以上ないほど密接に重なって、呼吸をするのも間に合わなくて息苦しく、頭がくらくらするほどなのに、なぜかやめてと言えない。

どころか、もっとしてほしいとさえ思ってしまう。

「んっ……っ、……ふ……ぅん」

途切れ途切れに鼻から抜ける吐息が変に甘い音色となっていて、理乃は羞恥に身体を燃え立たす。

「う……」

飲み込みきれなくなった唾液がわずかな唇の隙間から垂れ、それがおとがいから喉へと肌をつたうのすらゾクゾクしてしまい、朦朧《もうろう》と視線を彷徨《さまよ》わせれば、伸びてきた手がぐっと項を掴んで首をのけぞらす。

ふうっと楽になった息に、知らず閉じていた目を薄く開ければ、ぎらぎらと輝く淫獣の艶にまみれた瞳があって、たちまちに心臓を貫かれてしまう。

衝撃に唇を振りほどき、はあっと大きく息を吸うと、逃さないとばかりにまた唇が重ねられ、その感触を覚えさせようと執拗に舌が口蓋から歯列とあらゆる処を刺激する。

その一方で、男の手は心の飢えを表すようにせわしなく動き、緩みはじめたバスローブの胸元を拡げ、それでも足りないとばかりに腰のベルトへと指が掛かる。

「っ……きつく結びすぎだ」
二、三度失敗しながら、それでも肌を覆う布の封印を解ききった柊木がこぼす。
ごめんなさいと癖で口にしかけるも、それが声となる前に唇が重なり、また深く、淫らなキスが始まる。

外科医の中でも、脳、心臓とならんで器用さを要求される形成外科の柊木が、結び目を解くのに焦れるほど自分を求めているのだという事実が、理乃の女の部分を満足させていく。

もっと、もっと欲しがって、奪って、なにもかも貴方のものにしてほしい。

そう願いながら、つたないのを承知で自分からも舌を絡めると、漏れる水音はますます大きく淫らに響く。

「ん……むぅ、っ、あ。は……んんんっ、ッ！」

喉奥まで侵入され、そのまま小刻みに前後へ擦り動かされた途端、へその裏側が急激に熱くなり心臓の動きに合わせてびくびくと疼きだすのを感じる。

たまらないほどの悦さに手が動き、柊木の頭をかき抱き、さらなる密着をもとめ引き寄せる。

色素の薄い栗色の毛は、見た目よりしなやかで硬く、少しチクチクしたが、それもまた色事の刺激となって、理乃の官能を煽っていく。

身を捩り、震え、わななくにつれシーツに皺がよっていくが、互いを求めることに夢中な二人は寝具が乱れるのにも構わない。

理性というくびきから解放された男の手が、魔法のようにバスローブを奪いベッドの外へ投げ捨てると、ほんのわずかな肌寒さが身を襲う。

それを癒やそうと抱きしめてくれた柊木は、だがすぐに身を離し、そこでまじまじと理乃の肢体を眺め回す。

「あ……あんまり、見ないでください」

処女を失った時は、無知ゆえローブの下は素肌だったが、今宵《こよい》は違う。

目にまぶしいほど白いシルクの下着が、朱に染まった肌に浮き立つのを自分で見下ろし、色気づいた己の姿に羞恥を覚え、震える声で告げたというのに、柊木は従うどころか、ますます艶めいた目で理乃のすべてを視姦しだす。

「は……。すごいな」

透けるほど薄いシルクの上を、ごく細い糸で編まれたレースが覆っている。

だが色が純白のせいか、乳房の輪郭は曖昧に隠してくれてはいるが、その頂点にある花蕾の色まで隠せず、どころか、布や糸の合間から透けて見えるのが妙に卑猥で扇情的だ。

下はもっと大胆で、恥丘を覆う布の面積は限界まで抑えられていて、あとすこし身を捩れば、和毛《にこげ》の先がこぼれでそうだ。

その上、クロッチの部分はしっとりと肌にはりついており、尻にいたるにつれ細くなった布地は、尻の窪みでリボンへと変わって左右で小さな結び目として腰に留まる。

もう、だれがどうみてもやる気を煽る勝負下着に、自分がどれほど柊木に焦がれていたのか、その情を抑えていたが故にこの交合を期待していたのかが現れている。

あわてて手で胸と股間を隠そうとするが、からかうように柊木が手足を絡めて動きを奪う。

「なんとも素敵な眺めだな……。可憐で清楚《せいそ》な見た目のくせに、嫌になるほど煽ってくれる」

からかいと愉悦をまぜた笑い声で告げられ、顔といわず耳といわず真っ赤にして震えつつ、それでも理乃は無駄な抵抗を試みる。

「こ、これは……その、姉がっ……しょう、勝負下着が常識だっ、て」

柊木と台湾出張に行くと電話で言った翌日に、茨城から西新宿にある理乃の家へ飛んできて、閉店間際のデパートへ拉致するが早いか、蛍の光の鳴り響く中、吟味に吟味を重ね抜いて、やっぱりこれよと押しつけたのだ。

だから自分の趣味じゃないと主張したかったが、身に付けている時点で説得力がない。

柊木もそれがよくよくわかっているのだろう、愉快そうに笑いながら、目を細めながら言う。

「ああ、あの、面白いお姉さんか。確かに企みそうだ」

いつ姉の話をしただろうかと首を傾げかけた理乃は、けれどできず、不意打ちに乳房の先を摘ままれ身をのたうたす。

「やあっ……ッ、あ」

「すごいな……真っ白な中でどんどん目立って、硬く尖るほどに浮き上がっていく。ほら」

言いながら、柊木は芯を持ち始めた理乃の乳嘴を横から摘まんでくりくりとこよる。

「ひあっ……、ひ、んっ、……ひぅッ」

右に左にと捩られるごとに、滲んだ汗で張り付いていたブラジャーの布目が皺となり、指とともに乳房や乳首の根元に絡んでは肌を擦る。

手と布の両方で刺激されるまま、嬌声が上がるのをとめられない。

むずがゆさと疼痛《とうつう》に翻弄され、迫《せ》り上がってくる淫悦のままに身をのたうたす。

摘まむ力は強くなく、身をひねれば逃げられそうなものなのに、柊木が腰をしっかりと膝で押さえ、足首で理乃の細いすねを押さえているので、上半身を左右に揺することしかできず、そのもどかしさが余計に快感を増幅させる。

刺激されているのはもう尖端だけでなく、大きな掌と器用な指が震える双丘を揉みしだく。

揉みしだかれるうちに前のホックが外れ、たわわな膨らみがまろびでており、その頂点で熟れ実った敏感な果実がふるりと揺れる。

見ていられないほどいやらしく、扇情的な己の姿を晒されて、しかし理乃はそれを気にするどころではない。

絶え間なく柊木が施してくる愛撫が強烈すぎて、知らず腰が浮いて揺れてしまう。

そのうち、合わせた太股の間が汗と違うものでぬめりだしたのに気づき、はっと息を呑んで喉を反らせば、隙を狙っていた野獣の動きで柊木が首筋に歯を立て、やわやわと甘噛みしながらきつく吸い上げる。

「あっ、あっ、あっ……ああっ！」

肌を吸われ、赤い花弁の痕を散らされるたびに、媚びた女の艶声が寝室に響く。

それに気をよくした男は、美味しそうに揺れ震える膨らみを口に含み、舐め、擦っては手で絞りと、女が与えられる刺激に慣れることを許さない。

どんどんと自制心が失われ、ただ、声を上げては背をしならせ震える。

肉欲を焚《た》きつけられ、煽り、時には焦らされ、たまらないほど感じてしまう。

快感を逃したくて自由になる膝から下をばたつかせてもどうにもならず、逆に足が浮いた間合いを狙って柊木の脚が理乃の下肢を割り、足首に足首を絡ませ膝を立てさせられた。

「は……甘くて、柔らかくて、どこもかしこも美味くて困る。……乳房でこれなら、下はどうなんだろうな」

べろりと見せつけるように舌で唇を舐め、柊木は目を眇めた意地悪な笑いで理乃へ問う。

その仕草で、彼がなにをしたがっているのか悟った理乃は、身を駆け巡る愉悦に追い立てられながらも悲鳴を上げる。

「やっ、ダメっ……柊木、せんせ」

言った途端、膝を掴んでいた男の指に力が籠もり、今しも身を沈めそうだった柊木の上体が、手順をかえて伸び上がり、額に額を押しつけつつ言い放つ。

「この後に及んで先生とか。……恋人になったんだ。名前で俺を呼んでくれ」

「な、名前、って……」

男性を名前で呼び捨てにしたことなどなくて、いいのかどうかわからず戸惑う。

同級生や学生時代の友人ですら、下の名前で呼び合うこともなく、苗字《みょうじ》に君づけという堅苦しい付き合いだったのに、仕事の上司である柊木を、恋人だからと名前で呼ぶなどいいのだろうか。

そんなことを考え唇を震わせていると、拗ねたように柊木がさっと視線を横へ流し、もういいと言う。

少しだけなげやりな口調に、ずきりと胸を痛ませたのも束の間。

次の瞬間、傲然とした表情で柊木はとんでもない宣言をした。

「呼べないなら、呼べるようになるまで感じさせまくってやる」

理性も余裕も全部奪って、俺だけの事を考えろと命じるに等しい宣言に、熱とも冷たさともつかないものが背筋を走り抜け、脳天がつんと痺れて脈拍が上がる。

「さあ、聞き分けのない恋人はこうだ」

言うなり膝の裏に手をいれられ、ぐいと持ち上げられる。

「ひゃッ……！」

おもわず悲鳴を上げ目を白黒させているうちに、腰裏に逞しい腹筋があたり、そのまま背がベッドから浮く。

柊木はそのまま持ち上げた理乃の膝裏を自分の両肩にそれぞれかけ、頭と肩だけで身体を支えさせながら、膝から太股へと唇を這わせ、気まぐれに肌を吸う。

ちくりと痛みともかゆみともつかないものが皮膚を走り、ついでそこからジンとしたものが肉を貫き骨の髄まで疼かせる。

たまらず身を捩るけれど、腰が浮いた状態では抱えられた足先が柊木の頭の向こう側でゆらゆらと揺れるだけで、その頼りなさがまんま焦燥感へと繋がっていく。

力を込めた男の指が柔らかな太股に沈み、爪が肌をかすめる感触にすらゾクゾクと震えが走る。

切なく息を連ね、呻き、なすがままになっていると、男の唇は徐々に脚の付け根へと迫り、からかうように薄い皮膚を――ショーツを留めるリボンをくぐり、そのままつうっと舌が横なぞりに動く。

「はうっ……ンッ」

くすぐったく艶めかしい感触に喉を反らし喘げば、もっとと急かすみたいにして舌は下着の線を繰り返し往復し、理乃が息を凝らし耐えようと身を硬くした途端、脇にあるリボンの端が歯で噛まれ、野犬が肉を奪うような荒々しさでぐいと引かれ、結び目が解かれる。

「やっ、ダメッ……先生、やあ」

制止するために声をかけたが、それが名前でなかったことが気に食わないのか、不正解と知らせるように反対側のリボンも同じ仕草で解かれる。

股間を隠す布はもはや縛りがなく、ただ肌に載っているだけで、理乃が身じろぎ一つしたらはらりと落ちてしまいそうで、その不安定な状態が気持ちを追い詰める。

首と肩で身体を支えた姿勢の為か、充分に熟れた乳房の間から、今にも脱げ落ちそうなショーツが恥丘を隠している様は、いっそ肌を晒しているより卑猥で、これから先に起こることを否が応にでも妄想させる。

「あ……あ、あ……」

ずる、ずる、とゆっくりと腹の方へとずり落ちてくる布を、なすすべもなく見ていると、秘されるべき場所から美貌を覗かせた柊木がふと顔を上げて理乃を見る。

腰が疼くほど淫らな眼差しに隠すことのない劣情を湛《たた》え、口端をつり上げ笑う姿はたとえようもないほど美しく、残酷なまでに妖艶で——目にした理乃の思考が酔ったように酩酊《めいてい》する。

このままでは理性をすべてなくし乱れてしまうと、自分を失う恐れから視線を逸らせば、柊木はすべてを予測していた動きで理乃の秘部へ鼻先を埋め、ずり落ちだした布の上から敏感な部分に口づける。

「……う、ぁ……。だめ、脱げちゃ……う」

「なにを今更」

短く答えるや否や、柊木は実に正確に淫裂を舌で抉《えぐ》り舐め、陰核の部分でしわの寄った布ごとそこをきつく吸い上げる。

じゅっ、じゅっ、と唾液を染みさせては吸い、ショーツをどんどんと浮かせられるごとに、皺やレースの縁が淫芯をかすめ強い刺激に目が眩《くら》む。

あ、あ、と声を上げながら、一秒でもすべてを晒す時間が遅くなればと理乃は腹に力を込める。

だが、それがいけなかった。

焦らしに焦らされ、疼く子宮に滲み満ちていた蜜が、腹筋によって押され、どぷりと、恥ずかしいほど大量に淫孔から溢れでて、肌も下着も濡らしてしまう。

濃厚な雌の香りが辺りに広がり、背を支えていた柊木の下腹部のものが興奮し、ぐりっと強く理乃の仙骨を押す。

「ああっ、あ……！」

子宮を支える筋肉と直結し、神経を共有する仙骨を滾《たぎ》った屹立にえぐられ、なにも感じずにいられない。

まるで挿入されたような重苦しい刺激が子宮を直撃し、腹奥でくすぶっていた女の欲求に焔を灯《とも》す。

「あ、あっ、……やぁ、だっ……ッん、あ」

自分の意思とは関係なく子宮から膣までがビクビクと収縮しては、空虚さを不満と訴え、早くとねだるみたいに淫汁を垂れ流す。

秘部を覆うショーツはもうグチャグチャで、肌に張り付く感覚がやるせなさを加速させる。

「ああ、可哀想に。こんなに濡らしてしまうなんてな」

濡れた布と化した下着を唇で食み、浮かせ、離すという仕草をくりかえし、そうすることでさらに理乃を焦らしていた柊木が笑う。

濡れた布が敏感な部分に張り付いてよれる不快感とじれったさに、眉を寄せたえていると、柊木がうっとりとした表情で理乃を見つめつつ、持ち上げた太股に口づけを落とす。

「ちゃんと、してほしくなってきただろう」

はくはくと息を継ぎながら途切れがちにうなずくと、彼もまた、理乃の艶姿《あですがた》に焦らされていたのか答えを急かす。

「だったら、なんていうんだ？　理乃」

「ちゃんと、したい」

「誰と？」

いつだって優しくて理乃のことばかり考えてくれるのに、こんな時だけ意地悪だ。

そう思いながら、ねだる素振りで言わざるを得ないよう追い込む柊に対し、燃え立つ羞恥を振り切るようにして声を上げる。

「た、貴紫さんと、したい。ちゃんと、して！　もう、焦らさないで。つらいの、すごく、そこが疼いて……変に、なる」

あまりの恥ずかしさに涙がこぼれたが、もう構ってられないほど理乃は柊木がほしかった。なりふりなど構わず、ただただ、身体一つで彼に抱かれ、抱いて、繋がりたいと欲望があらゆる思考をなぎ倒す。

「ああ、ごめん。……意地悪すぎたか。そんなに泣いて。でも、どうしてかな。泣いた君も愛おしいし、もっともっと泣かせて、縋《すが》らせて、俺を欲しがらせたいと思ってしまうのは」

強欲だろう？　と淫靡に笑われても、嫌いになんかなれはしない。

むしろ、そこまで依存させたいほど理乃が必要なのか、離れがたく思っているのかと、胸のときめきばかりが募る。

震える腕を伸ばし、柊木の意地悪に抗議するよう髪を掻き乱し、肩に抱えられた足先を彼の鍛えられた背で交差させ、逃げられないようにしてやれば、くくっと愉しげに笑われて、次の瞬間、恥丘に思いきりかぶりつかれ、歯が肌に立たない絶妙な加減で濡れた布だけ咥《くわ》え、そのまま勢いよく頭を振って、部屋のどこかへ投げ捨てる。

びしゃりと、濡れたショーツが床に落ちた音が聞こえ、いやらしいと震えた時には、もう、秘されていた場所はすべて彼へと晒されており、重なる愛撫で焦らされた秘芽は理乃にまで見えるほどはっきりと媚肉の狭間《はざま》から頭をのぞかせていた。

なんていやらしく、そして興奮を煽りたてる光景だろう。

思わず唾を飲み、昂ぶる性欲に身を焦がしていると、柊木が思わせぶりに口を開き、理乃が凝視する前で敏感な秘玉を口にふくむ。

「ヒッ……ッ、あ、あ、アアッ、ンッ、……ッッ……うう」

恥ずかしげもなく吸引音を響かせながら、陰核を己が口腔へ含んだ柊木に、そのまま中で包皮を剥かれ、神経の塊である粒をこれでもかと縦横無尽に舐め回される。

「……ンンッ———っ！」

伸ばされた膝下の先で、自分の足指が堪えきれない快感にぎゅぅっと丸まるのが見える。

同時に背骨が痛いほど弓なりとなり、喉は無防備にのけぞって、焦らし留められた快感が堰《せき》を切って溢れ、あちこちを激しく痙攣させる。

一拍遅れ、自分が達したのだと理解するも、深く考える余裕など与えられはしない。

肉粒を飴玉《あめだま》のように舐め転がされ、伸びた片手が胸の先を摘まんで押し潰し、太股に回された右手がくぱりと秘裂を開いて花びらを摘まみしごいて弄ぶ。

一度に何カ所もの性感を刺激され、頭に何度も白い愉悦の奔流が突き抜ける。

達するごとに腹筋が痛いほど痙攣し、その奥でずくずくと子宮が脈動を激しくする。

秘筒は今か今かと空隙を埋めるものを求めひくつき、快感の証《あか》しである淫水は尻どころか浮いた背まで垂れて、雨のようにぽたぽたとシーツや、その間で凶暴に反り返り恥丘や背骨を刺激する男根へと降り注ぐ。

それほど濡れているのだから、指を挿入された時も以前のような異物感はなく、歓喜にうねる肉襞が男の骨張った指で押し分けられるごとに、重くどろどろに溶けた砂糖のような愉悦ばかりが巻き起こる。

様子を見るように抑えた動きで差し入れられた指は、しかし初めての時のように抵抗されず、どころかまとわりつくように締め上げられることを知り、すぐに動きを大胆に変え、激しく淫らに動きだす。

抜けるほど大きく退いたかと思えば、爪の先が子宮口に触れるほど深く呑まされて、何度も突かれ嬌声を上げれば、今度は内部を拡げるように蜜を泡立てる。

透明だった淫液は放埒《ほうらつ》な男の指で掻《か》き回され、よりねっとりと白濁しながら臀部《でんぶ》へと流れ、刺激を受けるごとにより敏感になっていく淫襞は、ねだるように収縮しては男の指を舐め絞る。

「……ッ、く……、指だけで、イキそうだ」

いやらしく変化し研ぎ澄まされた女体の反応に、いよいよ余裕を失った柊木がつぶやく。

その頃にはもう、数えることができないほど絶頂に追い上げられては、熱の引く暇もなくさらなる高みへと急き立てられて、理乃は苦しいほどの快感に我を失いかけていた。

「も……だ、め。……貴紫さん」

ヒクヒクと蜜孔を痙攣させながら、理乃がようやくの思いで訴える。

「苦しい、のか……」

わずかに愛撫の手を止め、いつもより急いた口調で柊木が問うのに理乃は朦朧としつつ頭を振る。

「ここが、切なくて……たまらないの」

そっと下腹部へ手をやり、涙と熱で潤んだ目を向ければ、はっと鋭く息を飲む気配がした。

「理乃……」

「いっぱいにして？　もう、誰も入れないように」

どうしてそんな言葉を選んだのかわからない。ただ、心のままにねだり訴えると、形のよい男の喉仏が大きく上下し唾を飲む。

「ッ、本当に、理乃は」

たまらないなと、言われたのか、思われたのか、それすら定かでない中、ナイトテーブルに置いてあった箱から幾つもパッケージを散らしながら、乱雑に一つの包みが手に取られ、柊木はそれを口端に咥えたかと同時に、食い破る勢いで中身を取り出し装着する。

それからますます理乃の脚を大きく掲げ、膝が胸の横にくっつくほど折りたたみながら、秘部を天へ向かってさらけ出すと、待ちかねた動きで淫唇がくぱりと割れて、中の紅が濡れ光りながら色を覗かす。

「くっ……」

膝立ちになり、のし掛かるようにして手をベッドへ突っ張ると、柊木は腰を大きく退くやいなや、一切の躊躇なく真上から女の秘裂へ肉棒を突き入れる。

ずん、と打ち付けられ、子宮ごと内臓がぐうっと押し上げられるのを感じた。

苦しいほどの衝撃は、だが、すぐに至上の快楽となって脳髄に響く。

「アァーッッ！」

吠えるように絶頂の声を上げ、理乃は一気に達し意識を飛ばす。

だが一秒も気を失っては居られない。

真上から真っ直ぐに子宮口を穿ち、ひくつく痙攣を制するように体重を掛け内部の締め付けと熱を味わっていた柊木は、天井へと顔を向け、声もなく喘いだ後に、別人のような激しさで腰を振るう。

ずん、ずん、と原始の太鼓に似たリズムで穿たれるごとに、全身がバラバラになるような疼きに襲われ、たまらずはくはくと息を震わせ唇を薄くひらけば、限界まで子宮口と射精口をかさねあわせ、ねりねりと捏ねられ身をのたうたす。

激しくて、少し苦しくて、快楽を逃す自由さえ許されない窮屈な姿勢なのに、それが余計に全身の感度を研ぎ澄ます。

流れ落ちる互いの汗が重なる肌で混じり合い、熱と熱を与え奪い、声を上げては名を呼び求める。

繰り返される交歓は果てしなく、愉悦が倦怠感《けんたいかん》へと変わり、腰の感覚もなくなってきたというのに、繋がる部分だけが生々しくリアルで、そして愛おしかった。

何度も貴紫と名を呼んだ。それに答えるように何度も理乃と名を呼ばれた。

愛しているという言葉ではまるで足りないほど、求め交じり合い、ただただつがいの雌雄となって命と想いをぶつけあう。

激しい火花がまぶたの裏に散り、痙攣しすぎた足指や背が痛いほどで。

なのに止められず、抱いて、キスして、互いの性を交えあう。

やがて限界を迎えた膣が激しく痙攣し、雄を包む肉襞が亀頭のくびれから根元まで強く締め付け吐精を促すと、含む竿はますます太く、浮かぶ血管はどくどくと脈動して熱く熟れた蜜壺を擦り上げた。

くぁ、と喘ぎとも呻きともつかない、酷く色っぽい声を柊木が上げ、理乃が息を詰め下腹部を最後の力で引き絞った時。

薄い皮膜の先を破らんばかりの勢いで白濁がぶちまけられ、同時に理乃の子宮口から淫水が奔流のようにしぶき溢れる。

ぶしゅ、ぐしゅっ、とあられもない音が結合部から響くなか、絶頂を迎えた二人の腰がガクガクと震え限界を告げ、柊木の腕が理乃を強く締め付ける。

しゃにむに合わされた唇の中では、舌が卑猥に絡みついて、不実な言葉を封じたまま、熱と激しさだけで愛を告げる。

そうやって抱き合い、どれほどたっただろうか。

肩甲骨の辺りに鼻を埋めていた理乃が荒れた息を吐いて肌から唇を離し、同時に柊木も女体を拘束する腕の力を緩めて呼気を整える。

「理乃」

「貴紫さん」

これ以上ないほど甘く名を呼びあった後に続く言葉は、口にしなくても互いにわかっていた。

第四章

病院の東端にある医学図書館を出た途端、乾いた寒風に吹き付けられて、理乃は身を震わせ、腕に抱いた論文の束を抱くようにして歩き始める。

(結局、なんの仕事で行ったのやら……)

台湾から戻って二週間、季節はもう十一月も半ばを過ぎ、一段と冷え込むようになった。

視線を大通りのほうへ向ければ、一月後に迫ったクリスマスへ向けてのディスプレイや、商品の広告が目立ち、街全体が少しだけ浮き立っているようにも見える。

もっとも、一番浮き立っているのは他でもない理乃かもしれないが。

初めての海外出張で気持ちを確かめ合った二人は、夜明け前の空が明るくなる時間まで互いに求め合い、つながり、そして身を寄せたままどちらともなく眠りに落ちた。

次に目が覚めたのは十時頃で、仕事に遅刻したと飛び起き慌てる理乃の横で、柊木が本当に面白そうに声を上げて笑い、出張の目的である大学教授との約束は午後だと教えてくれた。

ほっとしつつ身支度を調え、ルームサービスで運ばれてきたチャイナブランチで軽く腹ごしらえをしてから、二人はあえてタクシーを使わず、ＭＲＴを利用して大学の駅まで移動した。

治安がいいというのは本当のようで、平日で人が少ないというのもあっただろうが、車内に変な酔っ払いや怪しい雰囲気の人間はおらず、明るい白色灯の中、本を読んだり小声で談笑したりする学生や主婦らしき女性がいて、東京と同じだなと感じたのを覚えている。

大学は理乃が予想したより広く、勤務している大学病院が敷地に含まれる新宿キャンパスの数倍はありそうだった。

――総合大学で医学専門じゃないからこんなものじゃないか？　と、来たのは五度目だか六度目だという柊木に案内されつつ正門をくぐり歩いていると、セピア色のスリーピースで服装を決めた白髪も見事なご老体が、近未来的なデザインをした電動立ち乗り二輪車に乗って悠々と過ぎ去っていくのに目を丸くし、高校生どころか中学生ではないかとおぼしき少年が、小難しそうな学術書を抱えて講堂へ入るのに口をあんぐりさせ、そのいちいちで柊木におかしがられながら、正門の突き当たりにある行政大楼――日本で言う総合事務センターだろうか――で受け付けすると、すぐに教授の秘書を名乗る女性が現れた。

移動しましょうかと流暢な日本語で言われびっくりしつつ、お願いしますと頭を下げれば、柊木が後はよろしくお願いしますと言って、理乃らとまるで反対側へと歩きだす。

ほんのわずかな寂しさと心細さの中、一緒に行動するのではないなら、どうして自分が出張に帯同させられたのかと疑問を抱いた。

その疑問が正しいというように、大学図書館で数編の論文の写しを受け取るだけで仕事は終わり、あとは大学内にある植物標本館の見学や、李白《りはく》の漢詩にちなんで名付けられた酔月湖《ツィユエフー》と呼ばれる貯水池の周囲を散策にあてられ、おまけに、学生達に大人気だというパンケーキ屋でお茶までごちそうになる始末。

これでは、仕事というより観光では？　と根の真面目さ故に気まずく思っていると、それに気付いた秘書の女性が、図書館で論文の写しを貰うのも大事とフォローしてくれた。

そんな風にして受け取った論文は、英語が二編、中国語だか台湾華語だかの論文が五編あり、柊木は英語だけでなくこちらの言葉も理解できるのかと、尊敬を新たにしたが、それを褒めたのがいけなかったと今では思う。

朝から手術に入っている柊木に変わり、翻訳を任されていた理乃は、今日仕上がった一編と、その作業に使った辞書の山に目を落とす。

（そんなにすごいと思うなら、理乃も勉強してみたらどうだ）

自分で翻訳する手間が省けるのが嬉しいという魂胆がちらりと見えたが、好きな人に頼られてがんばらない訳にはいかない。

そんな訳で理乃は、柊木が医局に不在の間はこうして医学図書館で、持ち帰った論文を翻訳するという新しい仕事が増えたのだが、それはそれで嬉しかった。

というのも、今まで手術日は大学ではなく美容外科グループのオフィスに出勤しなければならなかったが、それが免除されるからだ。

まだ、付き合い始めて日が浅いので、できるだけ周囲には知られたくない。

母と姉にだけは、電話で彼氏ができたとだけ伝えたが、そんなことは前回の訪問の時にわかっていたらしく。あ、そう。よかったわね。で流された。

仕事先である大学病院では、わざわざ自分から触れ回って騒がれることはない。という柊木の意見に賛同だし、もともと根が真面目な二人は、仕事は仕事と割り切っていて、職場では変わらず〝日比城〟、〝柊木先生〟で通していた。

――まあその分、職場以外の場所ではただ甘くて、少し困るほど愛されているのだが。

閑話休題。

ともかく、傍目《はため》には二人の関係は変わらずに見えていたと思うし、ことさら気をつけていた。

仕事を辞める覚悟はできているものの、まだ親には話せていない。

正月までは引き延ばせないが、早い内にベストな身の振り方を決めておかねばと思う。

そう。柊木の父であり、柊木美容外科グループの王である柊木貴青に二人の関係が気付かれるまでに。

そんなことを考えながら歩いていたせいか、会いたくない人物が前方からこちらへ向かってきていると気付くのに一拍遅れた。

遠くから近づいてくるダークグレーのスリーピースに、鴉《からす》の濡《ぬ》れ羽色《ばいろ》をした黒髪を見事な七三分けにした男を目にした途端、理乃の脚が勝手にすくむ。

――柊木美容外科グループの秘書室長兼、顧問弁護士の一人である神取伸一《かんどりしんいち》だ。

年齢は柊木と同じか一つ上と聞いていたが、一ミリも表情を変えず鋭い一重の眼差しで相手を冷えた眼で見続ける様から、年齢より一回り上にも若いようにも見える。

眉目秀麗といっていい容貌なのに、酷薄そうな薄い唇と半分細めたようなつり目のせいで近寄りがたい。

西洋的で感情をともなった美貌の柊木に対し、氷の彫像のような神取は女性どころか男性からも距離を置かれるタイプで、血肉が通わない美は、羨望よりも恐怖を呼び起こすのだということをつくづく思い知らせてくれる。

入社面接時から苦手である神取を前に足を止めて表情をこわばらすも、相手は機械じみた正確さで真っ直ぐこちらへ近づいてきて。

「貴女《あなた》、院長がお呼びです」

前に立たれた途端、挨拶もなにもなしに言い捨てられた。

ついでに名前すら呼ばれてない。

失礼にも程があるが、これに怯えるほど付き合いは短くない。

ついに来るべき時が来てしまったなと、内心で怖気《おじけ》立ちつつ理乃はうなずく。

「その前に、論文を医局まで届けにいっても？」

相手が挨拶しないのに、こちらだけ挨拶するのも変なので用件だけを述べれば、珍しく彼が片眉を上げて不機嫌を表す。

「誰かに預けることはできないのですか」

「部外秘ですから」

嘘を見抜かれぬよう、あえて素っ気なく伝えれば、わざとらしい溜息を落とされた。

「わかりました」

言うと神取は理乃の後ろに影のように付き従い、歩調まで完璧に合わせついてくる。

もう、明らかに逃亡防止兼、変な真似をするなの脅しである。

けれどこれに当てられ落ち込む余裕などない。

理乃は形成外科医局にある柊木のデスクまで行くと、論文を確かめるそぶりで付箋の一枚を横に張り替えて置く。

(これで気付いてくれる……と、いいんだけど)

手術が終わり戻ってきた時、理乃の不在にすぐ気付けるよう、小さなサインを残した後は、だまって神取について歩く。

車に乗せられ、言葉もなく柊木美容外科グループの本院へと進まれる。

会話も、ラジオの音もない車内で、無実の罪で連行される囚人ってこんな気持ちなのかなと、どうでもいいことを考えることで、今にも逃げ出したがる心をごまかす。

そうして三十分ほどで、理乃は大手町にある自社ビルの最上階――グループ会長と本院院長を兼ねる柊木貴青の前へと連行された。

(って、これ……どういう、こと)

入ってすぐ、殺人的な声量で罵られるだろうと身構えていた理乃は、中に入るなりにこにことした笑顔の貴青に迎えられ、予想とは違う意味でたじろぐ。

息子に悪い虫がつかないよう気を配ってくれと頼んでいた秘書が、他ならぬ恋人になってしまったのだ。それこそ怒髪天をつきまくる勢いで迎え撃たれると覚悟していたのに、今までに見たことがないほど上機嫌な様子とは。

(ひょっとして、バレてないとか……ない、よね)

理乃の住むマンションの部屋なら二つは入るだろう院長室の中央にある、執務机のほうへ歩いて行きながら頭を働かす。

いや、バレてないという線はないだろう。

もし院長が柊木と理乃の関係に気付いていないのであれば、腹心であり懐刀とも目されている神取が迎えに来るはずがない。

電話か、せいぜい、〝仕事終わりに立ち寄ってくれ〟というメール一本で済ませるだろう。

そして、理乃と柊木の関係を認め祝福しているという線もまたない。

目の前に座す初老の男は、身一つで日本屈指の美容外科グループを作り上げた男だ。それもなりふり構わず利になることならなんでもすると評判の。

当然、家族すらも駒としか思っておらず、柊木が政略結婚するだろうことは公然の秘密も同然だった。ただ、相手がまだ定まってないだけで、いずれはグループの利となる花嫁を迎えるのは既定路線だと本人ですら見なしていた節がある。

そんな中、ただの一般市民かつ、雇われの秘書でしかない理乃が選ばれることは万に一つもない。

わかっていたからこそ悩み、断ろうと無駄にあがいていたぐらいだ。

(だとすると、なぜ)

理由の分からない笑顔に不気味さを感じつつ歩いていた理乃は、ふと、奇妙な違和感を覚えた。

なんだろう、なにかが引っかかる。

そんなに頻繁に会長室に呼び出されたことがないので、なにがどうおかしいのかわからないが、どうにも落ち着かない。

(部屋が、広すぎる?)

都心を見下ろす大きなガラス壁の窓に、よく手入れされた観葉植物。

壁にずらりと並ぶ医学賞のプレートや有名人と握手する写真と、その下に並ぶ医学書の詰まった書架。

部屋の左手側に扉が一つあるが、そこが会長秘書の待機室兼給湯室であることは知っている。

だとしたらなにが——?

わからないまま、手招きに操られるようにして執務机の前に立つと、ちり一つなく片付けられたプレジデントデスクの上に四角い厚紙の冊子が載っていることに気付いてぎくりとする。

真珠色に縮緬《ちりめん》模様をエンボス加工したそれは、理乃が結婚相談所でよく見たことのあるもの。つまり見合い写真の台紙だった。

意図せず足が止まる。

変に思われるとわかっているのに、視線をまったく台紙から逸らすことができない。

出来損ないの人形みたいに黙って突っ立っていると、変わらず笑顔の貴青が尋ねてくる。

「しばらく見ないうちに随分と様変わりしたね。以前はこういっちゃなんだが、ごく普通で目立ちもしないお嬢さんといった感じだったが」

丁寧だが、よくよく聞けば失礼な台詞を、だが、理乃はあまり理解できない。

机の上に無造作に置かれたお見合い写真ばかりが気になってしまう。

（貴紫さんの、結婚相手のもの……なのかな）

考えるだけで胸が苦しい。もちろん、柊木の気持ちを疑うつもりなど一つもないが、それでも、もし、あの台紙の中に収められている女性が理乃より美しかったら、若かったらと気を揉んでしまう。

（落ち着いて。誰の写真だったとしても、それでなにかが変わる訳じゃない）

頭をもたげようとする劣等感にじっくりと言い聞かす。

大丈夫だ。これは結婚をと考えていた相手が、理乃ではなく若く可愛い女性を選んだことによる後遺症のようなもの。

柊木なら理乃より美しい女性を見たからといって、好意を持たれたからといって態度を変えたりしない。万が一怖れることになった場合でも、最大限に理乃を気遣ってくれるのは、今までの行動でわかっている。

(だから大丈夫。こんな揺さぶりには負けない)

視線をお見合い写真の台紙から引き剥がし、真っ直ぐに院長の貴青を見ると、彼はほう、と目を大きくし机の上に肘を突く。

それから不躾《ぶしつけ》なほどに理乃を頭の先から爪先までじろじろと眺め回しだす。

——怖い。

理乃は、男性から無言で見られるのが苦手だ。

というのも浮気相手と逃げた父が、暴力を振るう際、まるで相手が怯えるのを愉しむように嗤いながら見てくるのが常だったからだ。

些細《ささい》な仕草も見逃さないよう無言で眺め、それから突然、鼓膜が破れるほどの大声で態度が悪い、目線が気に食わない、姿勢が悪いのは母親譲りか。生意気な態度だと、子どもだった理乃には到底どうしようもない理由で罵っては暴力を振るう。

そんなことを繰り返されるうちに身体に恐怖がすり込まれ、気持ちでは大丈夫だとわかっていても心が勝手に怯えてしまうのだ。

今でこそ身が強ばる程度で済んでいるが、小学生の時分は男性と目が合うだけでガタガタと身体が震えるほどだった。

柊木の秘書となった当初も、自分に務まるかどうか不安だったが、彼は父親のように怒鳴ることはないし、暴力はもっと嫌っている。

必要があれば応戦する力はあるだろうが、その片鱗《へんりん》を覗かせ威嚇することで自分を大きく見せようとは決してしない。それがわかってからは平気になっていたが——父と同じタイプである貴青は、未だ苦手なのだ。

「それで、ご用件は」

あの、とか時間を引き延ばす言葉を呑み込み、怖がる気持ちを抑えこみながら問う。

不愉快な時間は短いほうがいい。それに、あまり長く手こずりたくはない。

(いずれは来ると覚悟していたこと。だったら、変に弱気にならず対峙して、全部終わらせてしまったほうがいい)

内心決意しながら、どんな美女が台紙の中から現れようが揺るがないぞと己に言い聞かせた時だった。

不意に貴青が笑いだし、いやいや、と人のいい演技で話を切りだす。

「用件ね。先日、君が婚活に苦戦しているという噂を小耳に挟んでね」

かっと頭に血が上りそうになるのを深呼吸で抑えつつ、理乃は脇に垂らしていた手を握りしめる。

婚活をしていること自体は、別に隠してなどいない。

三年前の就職活動の時に結婚の意思について聞かれた時に、自分の考えと将来設計、それを実現する手段を最終面接官である貴青と彼の秘書である神取に述べたからだ。

だが苦戦している——つまり、結婚前提でお付き合いしていた相手を寝取られたことを把握され、話題にされるのは気持ちのよいことではない。

デリカシーがまったくない、逆を言えば、理乃なぞに気を遣う意義を見いだしてないと丸わかりの発言を深呼吸でやりすごしていると、貴青は、理乃の内心の怒りや葛藤に気付いて知らぬそぶりで笑う。

「それで思ったんだが。……これを見てもらおうと」

貴青が合図すると、後ろで控えていた神取が動かない理乃に変わってお見合い写真の台紙を引き寄せ、開く。

「え……」

見たくない、という気持ちと戦いつつだが目を逸らさずにいた理乃は、中に収められていた写真を目にして言葉を失う。

中にあった写真は、理乃が想像したような振袖の若い女性でもなく、ブランドスーツの美女でもなく、ごくありきたりで平凡な、少し気が弱そうな眼鏡の青年のものだった。

（………誰！）

真っ白になった頭の中に、ようやくその一言が浮かぶ。

年齢は理乃より一回り上か、それより二つ三つ若いぐらい。

ふわりとしたヒヨコのようなくせっ毛に黒縁眼鏡、きちんとしているが定番のグレーと白で統一しているため、どこか無個性に見えてしまうスリーピースのスーツ。

椅子に座る姿勢はよかったが、肩が少し落としぎみなせいで意志が弱く見える。

じっと見つめ、だが、まるで覚えのない相手の写真を見せられ戸惑っていると、貴青はそこで初めて口端を嫌味な形につり上げ告げた。

「うちの麻酔科医をしている藤堂先生だ」

聞いたことなどまるでない。まして顔を合わせたことすら皆無だ。

この男性とお見合いでもしろと言うのだろうか。だが、お見合いをしたところで理乃が柊木以外の男を選ぶ訳もないし、柊木だってお見合いさせられたことに対し怒りはするだろうが、理乃と別れようとはすまい。

もともと他人と結婚すると思っていたのが、偶然と偶然の重なりから関係を深め、やっと互いの気持ちを確かめたばかりなのだから。

だとしたら、ここは院長の貴青に従うそぶりでお見合いを受け、いったん撤退し、柊木に相談するのが最善かもしれない。

そんなことを考えていた理乃は、やはり、自分など老獪《ろうかい》な貴青の前では小娘にすぎないという現実をつきつけられる。

理事長の視線を合図に神取が懐《ふところ》から紙に包まれた封筒と、几帳面《きちょうめん》に四隅を合わせ三つ折りにした薄い紙を出し拡げる。

「こちらが釣書、そしてこちらが婚姻届です」

言われ、耳を疑った。

そして目の前に拡げ置かれた紙を見て二度驚く。

緑色の罫線《けいせん》と、婚姻届と記された紙には黒いボールペンですでに相手の——麻酔科医である藤堂の必要事項が記入されており、保証人として貴青と神取の名前まで書かれている。

弁護士資格を持つ神取が確認したのだろう。記入事項は完璧で漏れ一つなく、あとは理乃が名前を書いて提出すれば、法律により夫婦と認められる代物だ。

「君が婚活していたことはアレも知っているだろうし、こうして他の男と結婚されては、もう、なにもできまい」

にこにこと、あからさまにテレビや雑誌用だった貴青の笑顔が突然、醜悪なものへと替わり、目に侮蔑の光がよぎる。

理乃など、いつでも権力で叩き潰せる羽虫と思っていることが、貴青の目から読み取れる。

「いやあ、めでたいね。息子の結婚相手の家と話が付いた上、こうして、君の結婚が決まるとは」

理乃がこの書類に記名するのが当然といった口ぶりに、なにをと睨《にら》み返《かえ》す。

おもわず婚姻届に手をやり破ろうとしたが、そんなことをしても二枚目、三枚目が出てくるだろうことは想像に容易い。

相手をするだけ無駄だときびすを返した理乃はだが、気配なく移動し、退路を塞ぐように扉に寄りかかり腕を組んでいる神取の姿を見て顔をしかめる。

つまり、藤堂という医師との婚姻届に署名するまで、部屋を出さないつもりなのだろう。

顔をしかめ、多少手荒になっても逃げることはできないかと部屋を見渡し、そこで違和感の正体に気付く。

——以前はあった応接セットがない。

そうだ。前はクリスタルのテーブルに本革のソファという、いかにも成金が好みそうな応接セットが部屋の中央に据えられていたが、今日はその姿がない。

よくよくみると、絨毯に家具があったことを示す窪みが残っているので、今日のために一時的に片付けたのだと気付く。

つまり理乃は、婚姻届にサインをするまでは、この部屋から逃げることもできないどころか、座ることも、食事も、そしてトイレに行くことも許されないのだろう。

(まるで拷問じゃない!)

怒りと恐怖がない交ぜになったものが、腹の底をぐるぐると掻き回す。

持久戦に持ち込まれれば、男性より体力も少ない上、座るどころかなにかにもたれかかることもできない理乃のほうが不利だ。

二時間か三時間は大丈夫だろうが、夜中、明日の明け方となると自分でもまったく保証ができない。

家族を盾に取られてもいいなりにならない。母と姉が応援してくれたように自分の気持ちを押し通す。と意気込んでいたが、こんな絡め手で来られるとは。

一時的にサインして、これは恐喝だったので無効だと訴えたとして、多分、理乃が勝つこともないだろう。

というのも、院長は一度だって脅す言葉を口にしていない上、証人の一人は弁護士だ。理乃が訴え裁判になった場合の対策もすでに考え済みと予測すべきだし、婚姻届でしか知らない相手である藤堂も、理乃同様に貴青に弱みを握られているのだと知れた。

でなければ、なんの面識もない女と結婚するなどあるはずもない。

巧妙に仕掛けられた罠《わな》に片足を突っ込んだ挙げ句、虎挟みでがっちりと逃げられないよう固められた獲物。それが今の理乃だ。

（焦っちゃだめ。冷静に。緊張しないよう）

緊張すれば喉が渇くし、焦れば物事を悪い方に考えて時と共に悲観的になる。

そうなれば負けだ。

理乃は知らない男性の人妻となり、柊木と結ばれることはない。

離婚という手もあるだろうが、理乃以上に貴青の支配を受けているとおぼしき男が、すんなりと理乃の申し出に応じるとは考えにくい。

それが正しいという風に、貴青がニヤニヤと笑いつつ告げる。

「いや、藤堂くんも喜んでいたよ。アメリカへ留学するのに独り身ではなにかと不便だからね」

頭を殴られたような衝撃にふらつきかけ、だが、気合いで踏ん張る。

理乃が結婚を取り消したり離婚したりできないよう、相手を外国に飛ばすことまでするのかと、呆然とした時だった。

にわかに廊下のほうが騒がしくなり、一拍置いて、理事長室の扉が激しく叩かれだす。

何事だと顔を歪め貴青が吠えたのと、一番望んでいた男の声が名を呼ぶのが重なる。

「理乃！」

「貴紫さん！」

柊木先生ではなく、恋人として彼を呼び、自分はここだと知らしめる。

途端、感情に走った声でクソ親父《おやじ》！　と怒鳴る声がし、ドアから大きな音がする。

ドアに背を預け退路を塞いでいた神取が、振動の強さに顔をしかめ脇へ避けた時だ。

どんっと大きな破裂音が響き、扉の真ん中あたりがメリメリとひび割れる。

柊木が渾身《こんしん》の力を込めて蹴ったのだと理乃が悟ると、それが正しいという風に、二度、三度と攻撃が続き、ついには蝶番《ちょうつがい》がたわみ鍵が壊れる。

「理乃！　無事か」

病院でオペが終わったまま車を飛ばしてきたのか、白衣を閃《ひらめ》かせながら柊木が駆け寄ってきて、棒立ちとなっていた理乃の腰をしっかりと抱く。

「貴紫さん、よかった……」

安堵から膝が震え崩れそうになる理乃を腕に収め、守りながら柊木が自分の父親——貴青を睨む。

「大人しく認めるはずがないとは思っていたが、どういうことだ」

ちらと執務机の上にある書類を見て、柊木が地獄の底を吹きすさぶ風じみた低い声で唸《うな》る。

「どうもこうも。……日比城くんが結婚したいというから、証人、いや、仲人になろうという話をしていただけだが」

息子の狼藉《ろうぜき》に眉を寄せつつ貴青が言うと、柊木が目を眇める。

「それは丁寧にどうも。だが、その夫の欄に記入されている名前が間違っているようだ」

嫌味に嫌味で応戦しつつ、柊木は理乃を抱く腕に力を込め、親に対するにしてはあまりにも冷たい態度で続ける。

「理乃は俺と結婚する。二人で決めたことだ。他人が口を出す話じゃない。まして、勝手に結婚させて妨害しようとするなど、頭の悪いガキか」

小馬鹿にした口ぶりが癪《しゃく》に障ったのだろう。貴青がたるみだした頬を震わせながら己の息子を
――柊木を睨む。

「頭が悪いのはどちらだ。……銀行頭取の孫という望んでも得られない良縁を与えられて、そんな益体もないゴミみたいな女を選ぶなど」

「……ゴミ？　誰が？　どこにそんな女が？」

わざと疑問符を重ねることで相手を煽ってから、柊木は鼻を鳴らす。

「俺には、他に類をみないほど心根が清廉で可愛く、得がたい女しかみえないが」

「そんな恋情、一時的なものだ。……貴紫、考え直せ。結婚はまともな相手を選べ。そして子どもをつくれ。その後なら愛人が一人二人いたところで、どうとでもなる」

自分がそうしてきたのだから、間違いはないと言いかねない傲慢さに理乃は頭痛を覚えつつ思う。

恐らく、貴青には、一生理解できないだろう。理乃と柊木の心の結びつきを、それがもたらす幸福感と充実の日々を。

そう考えると哀れとも思えたが、すべて自業自得だし、権力がいいというなら、それはそれで一つの価値観だ。ただ、こちらと関わってほしくないだけで。

「言うことを聞け。でなければお前がお気に入りにしているそこの秘書だけでなく、彼女の家族

にもよくないことが……」

「起こっても構わないそうです」

一矢報いたくて理乃が発言すると、不意をつかれた貴青が目をみはる。

「なんだと？　この柊木美容外科グループを解雇されるだけじゃすまさんぞ。私の力が及ぶ限り、再就職を邪魔して……」

「だから、構わないそうです」

勝手に断言して申し訳ないなと心の中で母と姉に謝りつつ、だが彼女らの〝なんとかなる〟論を信じながら言う。

「仕事なんて嫌なら辞めればいいことです。再就職だって、絶対に美容や医療業界でないとダメということもないでしょうし」

なにより、今までだって大変だったのだ。耐えて頑張れないことはない。

（いざとなったら女三人温泉旅行。幸い持ち家もあれば、根性もある）

大丈夫。大丈夫と胸中で繰り返していると、理乃をちらと見た柊木が目を愉しげに歪め、唇を笑いの形に変えながら援護射撃をする。

「医学界隈《かいわい》が一枚板かどうか試すのはアンタの勝手だが、その傲慢な態度をよしとしない奴だっている。なにより理乃の母親は手術室勤務だろう。美容外科どころか、外科全般で人手不足な中、歴戦のオペナース、しかも以前、暴君で有名なアンタの下で働いていたとなれば、〝欲しい〟という病院はいくらでもあるだろうな」

「だ、だとしてもお前は！　お前はどうだ。……形成外科医としてまともに働けないよう手を回すなど、私からすればどうということもないのだぞ！」

ほとんど負け惜しみに近い発言に、だが理乃は不安を煽られる。

そうだった。

理乃の側では問題がなくても、柊木本人は働く場所を追われて後悔しないだろうか。

医学会は大げさでも、形成・美容の医療分野で貴青の顔が利かない場所はない。それぐらいはわかる。

けれど柊木はまったく動揺をみせず、どころか相手を試すように一言ずつ区切りながら告げた。

「日本国内ではそうだろうな」

「な、に？」

「あんたの機嫌をそこねて、窮屈な思いをするのも、なにより、理乃に罪悪感を負わせてしまうのもごめんだ。……だから、今の医局だっていつだって辞められるよう根回し済みだし、アンタの手が届かない外国で働く素地もできている。もともと跡継ぎになんてなるつもりもなかったしな」

寝耳に水だ。貴青と同じく愕然《がくぜん》としかけた理乃は、だが、すぐにあっと気付く。

なぜ、学会でもないのに台湾に出張したのか。その理由がやっとわかったからだ。

なんて手回しがいいと感嘆とも呆れともつかない感情に襲われ柊木を見上げると、彼は悪戯がバレた少年のようにはにかみ笑う。

「俺と理乃の人生だ。誰にも邪魔をさせない。させるつもりもない。……その上で、どうしてもというのなら、こっちにだって考えはある」

なにを、と呻くように貴青が唇を震わすが声は出なかった。

代わりに、予想もしていなかった跡継ぎ息子の反抗に脂汗を浮かべる始末。

「はったりを」

「はったりじゃない。……アンタが隠蔽しきれたと思って忘れた医療事故について、法律上の時効が成立していたとしても、マスコミが同様に考えるかどうか。試してみるのも悪くない」

言いながら、柊木は白衣の胸ポケットからＵＳＢメモリを意味ありげに覗かせ、鼻を鳴らす。

「そんなことをすれば、跡継ぎのお前だって無傷ですむはずがない」

「悪いが跡継ぎになる気はない。ぜひとも余所をあたってくれ。ついでに絶縁か勘当までしてくれるとありがたいんだが」

「お前、親に向かって！」

「そういう台詞は、一度なりとも親らしいことをしてから言え！」

鼓膜にきいんと響くほど、感情と声量の限りを尽くした怒声に、親によって支配され、強制されつづけた柊木の子ども時代の鬱屈した想いが現れていた。

電流が走ったように、ビリビリと辺りの空気が震える中、柊木は理乃を腰から肩に抱き直し、そのまま貴青に背を向ける。

「いくぞ、理乃」

「ま、まて……！　貴紫、お前！」

背後で貴青が呼び止めようとするも、その時にはすでに執務室を抜けており、待機したエレベーターに乗り込むまで、柊木が振り返ることはなかった。


とにもかくにも落ち着いて話したかった。

が、外で食事をしながらできる内容でもない。

結果、理乃は本院ビルの地下駐車場に止めてあった柊木の車に乗せられ、そのまま彼の住むタワーマンションへ移動することへ同意した。

「お邪魔します……？」

「なんで疑問形なんだよ。むしろ〝ただいま〟と言ってくれてもいいんだぞ」

愉快そうに茶化されるが、理乃はますます気恥ずかしさを覚えてしまう。

柊木の家に入ったことは一度や二度ではない。とはいえ、それは秘書として彼に届け物をすべく玄関か玄関口までという状況で、こうして、部屋の奥まで迎え入れられるのは初めてだ。

大理石張りの廊下を進んでいくと左右にバスとトイレらしき扉があり、その先に開けた空間があった。

「わ……すごい」

視界に広がる夜景と、遠くに見える東京湾岸の様子に声を上げてしまう。

「まあ高さだけはあるからな。そこに座っていてくれ。すぐにコーヒーを淹れるから」

「私も手伝いま……」

あわてて柊木がいるカウンターキッチンのほうへいきかけ、理乃は言葉を途切れさせる。

夜景の見事さに目を奪われていたが、改めて室内をみるとほとんどなにもない。

ソファにローテーブル、それから壁際に書棚が二つ。

風通しのためにドアを開いている寝室にはベッドだけが置いてある。

キッチンだけは調理器具が一通り揃ってはいたが、端のほうには段ボールが積んであり、つい先日引っ越してきたと言われても信じてしまいそうだ。

だが柊木は三年前からここへ住んでいる。

最低必要限の衣食住は確保されているが、くつろぐという雰囲気に乏しい。

ほとんど病院で寝泊まりしているからとも言えるが、それにしても物がない。

理乃が目を瞬きさせていると、コーヒーを淹れ終わった柊木が苦笑しつつソファのほうへと理乃を誘導する。

「なにもないだろう」

「えーと」

それが趣味なら理乃が口を出すことではないが、結婚するならもう少しくつろげるよう工夫したいかも。などと考えていると、柊木はコーヒーを一口すすった後に、なんのためらいもなく言い切った。

「引越しする予定だったからな」

「ええっ！　私、聞いてません」

驚きのまま声を上げれば、そりゃ、言ってないからなと返される。

「……そんな。柊木先生の秘書なのに」

「俺の恋人なのにとは言ってくれないんだな」

うつむきかけた顔に落ちてきた髪を掬《すく》い、耳に掛けてやるが早いか、柊木が耳朶の側で甘く囁く。

「そ、その手でごまかされません！　引越しって」

「ああ。まあ正式な日程は決めていなかったが、来年の春あたりか、遅くても秋にはと考えていた」

ああ、そうなんですね。と言おうとしはたと気付く。

——だとしても手を着けるのが早すぎないか？

すると理乃の疑問が正しいと言う風に、柊木が一つ頷《うなず》き説明しだす。

もともと、理乃の婚約が成立し結婚が決まった時点で、引越し——というより、国外留学をしようと、水面下で動いていたこと。

それが、思わぬアクシデント（柊木にとっては一生に一度のチャンス）が訪れ、手に入らないと諦めていた理乃が恋人となったこと。

そして、それをよく思わないだろう父親が、横槍を入れてくると予想し、自分だけでなく理乃も一緒に連れて留学することにより、それらを回避しようと動いていたこと。

「正式に準備が整ってから、プロポーズとともに伝えようと考えていたんだが……。思ったより情報が早く回ったみたいだな。驚かせてすまない」

「驚きはしましたけど、でも、確かに国外のほうが安全ですね」

今日みたいなことがまた起こらないとは限らない。だが、さすがの貴青も国外となれば容易に手をだせないだろう。

「それで、台湾ですか」

黙って外堀を埋められていたことに対し、一矢報いようと理乃が返す。

「そうだ」

「だから出張と言って私を連れ出したんですね」

「よくわかったな」

教授の招待と言う話だったが、本当は医局へ採用するための最終面接だったのだろう。

「だって、出張というわりには私は大して仕事してませんし、むしろ観光とか、地元の散策の時間が圧倒的に多かったと言いますか」

二人でベッドにいた時間も観光に負けず劣らず長かったが、その記憶はあえて無視する。

「目的は三つあった。一つは理乃が指摘したように教授と採用条件を詰めるため、もう一つは俺が不在の間にあの人……親父が理乃に接触して悪さを働かないよう保護するため。もう一つは、理乃が適応できるか測るため」

指を一つずつ曲げ、最後に力強い握りこぶしに仕上げた柊木が、はっと鋭く息を吐く。

「準備自体はそう大がかりにはならなかった。……一人で渡航する予定だったから。だが、妻を連れて行くとなると、やはり自分の都合ばかりではダメだろう」

医師には留学がつきものな感があるが、家族は大変だろう。

実際、海外に夫婦で留学したのはいいものの、妻の側が、言葉が通じず、味覚が違うことに慣れずノイローゼとなり離婚した。なんて話も聞く。

「だから一度連れていってみて、感触を確かめてみたかったというか」

黙っていたことにばつの悪さを感じているのか、柊木が目を泳がせつつ後頭部の髪を掻き乱す横で、理乃は納得のいった表情でうなずく。

「なるほど。……結論を言えば、大丈夫です。むしろまた行けるのかと思うと愉しみなんですが」

「が？」

「なんで台湾なんですか？　医師の留学といえばフランスとかアメリカ、あとオーストラリアあたりよく聞きますけど」

「研究分野的に合致しつつ、いろんな意味で日本に近い場所だから選んだ」

柊木が専門とする微小外科手術で一目置かれている教授がいたこと、また、最近、国家間で盛んに取り結ばれだした医療提供条約などにより、日本の医師免許と一定の経験年数があれば、語学テストと面接だけで着任できる点が重要だったらしい。

(そういえばニュースで言ってたなあ。若手医師のグローバル感性を磨くため、三十五歳以下の医師で海外就労を望む者には、国が留学をサポートするって)

Ｕ３５——大学病院などでは単にアンダーと呼ばれる制度のことだ。

「でも、あの選抜試験って、ものすごく難しくてなかなか通らないって……」

「難易度は問題じゃない。それは俺が努力すればいいだけの話だったから。だから問題は、理乃が一緒に付いてきてくれるかどうかだ」

真剣な顔をした柊木が、手にしていたマグカップを戻しつつ続けた。

「理乃の負担にならない環境で、しかも、実家でなにかあった時はすぐ戻れるよう。食生活にも大きな違いがなく、日本人会などがあって地元でのサポートがしっかりしている。あと、家族というか子どもに対する制度の充実加減なんかも考えたかな」

「こどっ……」

飲もうとしていたコーヒーを吹きかけ、ギリギリのところで留まった理乃が目を瞬きさせ、ついでじわじわと顔を赤くする。

(結婚もしていないのに、子どものことや、実家のことも考えてくれるなんて)

自分が思う以上に理乃を、そして理乃が愛するものや穏やかな生活までをも守ろうとしてくれる気遣いにきゅんとしてしまう。

が、それも長い時間ではなかった。

「ご家族のほうからは、わりとあっさり許可いただけたんだがな」

「ああそうなんですね、安心しまし……えええ！」

思わず素っ頓狂な声を上げてしまう。

「いっ、いつのまに！」

「理乃を抱いた日に送っていっただろう。あの後そのまま真っ直ぐに茨城のご実家を訪問させてもらった。理乃の答えがどうなるにしろ、筋はきちんと通したかったからな」

生真面目なのか、それとも外堀を埋める腹黒さなのか。ともかく行動が早い。早すぎる。

予兆もなく、ある日突然、勤務する医療グループの御曹司に訪問された、姉と母の動転ぶりが目に浮かび、理乃は思わず天を仰ぐ。

(よくよく考えたら、変だなと思う節はあったわけですよ)

今までプライベートなどほとんど話したことがなく、お互い兄弟がいることは知っていても面識はまるでないという間柄にも拘わらず、台湾で〝面白いお姉さんだよな〟などと、姉の詩乃を知っているような口ぶりをしたことや、姉と母が理乃に彼氏がいると見抜き、背中を押す発言で応援してくれたこと。

その二つを合わせ考えれば、柊木と母姉が顔見知りと考えるほうが自然だ。

ともかく抱いたその足で家族に会いに行く生真面目さと胆力に驚かされる。

のみならず、理乃と付き合えば柊木貴青が妨害してくるだろうこと、その過程で解雇というカードを切ってくるだろうこと、そうなっても自分の責任でより条件のよい再就職先を提供できるよう準備している事に加え、理乃が気持ちを受け入れてくれた場合、留学に帯同することになるだろうとまで説明した挙げ句、理乃の家族が抱えていた借金についても、知人の弁護士に整理させ、年内に片付くよう目処《めど》を付けてしまったという。

外堀を埋めるどころか、ブルドーザーで地ならしされる勢いで囲い込まれていたという事実に、理乃は目眩を覚えてしまう。――この人は本当にどこまで理乃が好きなのか。

げに恐ろしきは初恋の執念というやつだが、ヤバいとか怖いより、嬉しさと面はゆさを覚えてしまうあたり、理乃自身も相当に柊木の恋情に毒されている。

理乃自身の幸せのみならず、家族の将来まで丸ごと抱え、それを苦とも思わず喜んで手を打ち守る男など、これから先、何度生まれ変わっても出会える気がしない。

結婚に恋愛はいらない。価値観が同一であれば大丈夫などと考えていたが、ここまでされては降参だ。

心の中で盛大に白旗を振りながら、理乃は苦笑し、探るようにこちらを見ている柊木を見つめる。

「本当に。これで私が寝取られて破談になっていなかったら、どうするつもりだったんですか」

「遠くから幸せを祈りつつ、時間とともに忘れるだろうと考えていたが……まあ、片道三時間で戻って来られる場所に留学するようでは無理だったろうな。なにかあったとか、別れたと聞いた瞬間、光の速さで舞い戻って、嫌というほど口説き倒したと思う」

他人が聞けば、重すぎる！　と一喝しそうなことを、ごく当たり前の口調で告げつつ首をひねっている柊木へ手を伸ばし、その頬を両手で包んでから理乃は笑う。

「まったく、本当に……強引で、用意周到で、過激すぎるほど溺愛で」

拗ねた口ぶりを装いつつ、理乃は笑みが漏れるのが止められない。

「嫌か」

「嫌だったら、こんなことしません」

言うなり、伸びをして柊木の唇を素早く奪う。

触れるだけの子どもの遊びみたいなキスだったというのに、彼は驚きに目を見張った顔をこれ以上ないほど赤くして、二、三度口を開閉させ、ようやく声を出す。

「理乃」

「しっ……仕返しです。もう。私が知らない間に本当に、あれこれと手を回して完全包囲するなんて」

「……それは、悪いことをしたと思ってる」

飼い主に怒られた子犬みたいな表情をする柊木に、胸をきゅんとさせつつ、理乃はもう一度唇を重ね笑う。

「次からは、筋を通す時は事前に一言相談をお願いします」

今回は、柊木の父である貴青に知られる訳にいかなかったので、彼が黙って動いていたのは仕方がないが、ともかく心臓に悪すぎる。

「もちろん、そうする」

ふわりと、大輪の花が開くように華やかで美しい微笑を湛えながら、柊木が理乃を抱きしめてくる。

「心配をかけるようなことは、しない」

甘く低い声で囁かれ、理乃は思わず肩を跳ねさせる。

「んっ……もう。そんな色っぽい声で謝るなんてずるいです。なんでもかんでも許してしまいそうになるじゃないですか」

ちゅっと音をたてて耳元に口づけを始める柊木に、身を捩りつつ反論すると、彼はそれこそ望むところだと笑う。

「ずるくてもいい。理乃が幸せでいてくれるなら」

「……幸せです。もう、ずっと離れたくないほどに貴紫さんを愛してしまってるんですが、いいんですか」

後悔しても知りませんよと、いいように掌で転がされ守られていた事に対し、これからは自分も柊木を支え守るのだと決意しつつ言うと、彼はそんな理乃の考えなどお見通しだと言う風に、はしゃぎ気味に抱きつく。

「きゃっ……っ、もう！」

ソファの上に押し倒され、驚きと抗議の声をあげる理乃を、可愛いと撫で回しながら柊木は愉しげに告げる。

「本当に、俺の惚れた女ってやつは」

額、頬、唇、そして、そう遠くない未来に婚約と結婚の約束が嵌《は》められるだろう左手の薬指にキスをし、ふと真面目な顔をする。

「理乃」

「はい」

「愛している。それ以上の言葉がないのがもどかしいほどに」

私も、と答えるために口を開き、だが声にするより早く唇を重ねられ、愛の告白もろとも舌を絡め取られる。

周囲に秘していた恋ゆえに、恋人らしい触れあいは限られていたが、その分、焦れ、蓄積する思いは強くなり、こうして口づけするだけでたまらない気持ちにさせられる。

熱く切ない吐息が交じり、舌の絡まる水音が二人だけの時間を密かに彩りだす。

思いが通じた事、もう、自分たちの関係を隠す必要もないのだという歓びから、理乃も今までのように応じるだけでなく、自分からも舌を重ね、吸い、絡めていく。

「ん、ふ……ぁ。ん」

ちゅるっと音をたてて男の口腔へ吸われた舌を、ゆるゆると動かし、自分がされたようにすると、柊木の眼差しが喜悦に蕩け、目元が艶めいた朱を帯びる。

「ダメだな、止まりそうにない。……ちゃんと、理乃の全部をこの手で味わいたい」

はあっと艶めいた吐息が肌を撫でるのに、ぞくぞくと感じ震える横で、柊木は身を起こし、努めて冷静に問いかける。

「その前に、一つ、やっておかないといけないことがある」

「え？」

焦れた手に起こされ、その勢いのまま柊木の胸に飛び込まされた理乃は、頬を彼の心臓の上にあてたまま、視線だけで彼を見る。

するとと柊木は理乃の額に自分の額を押し当ててから、静かに、だが揺るぎない声で尋ねてきた。

「日比城理乃さん」

「はい」

「俺と結婚して、留学先に妻として帯同してくれませんか」

いつもとは違う、丁寧かつ希う声の響きに胸が甘酸っぱく疼く。

今更訊くまでもないのに、ちゃんとプロポーズをしてくれたのが嬉しくて、照れくさくて、だから理乃はうなずくだけで済まさず、きちんと柊木の気持ちに応え言葉を返す。

「私でよければ、連れて行ってください。台湾でも、どこかの砂漠でも、北極でも、貴紫さんが行くところなら頑張れますから」

そのかわり、大切にしてくださいね。と口にすると、彼は当たり前だと言う風に笑顔を返し、ソファから降りて膝をつくと、着ていたデニムジャケットのポケットから白地にゴールドのラインが入った小箱を出して、理乃へと捧げる。

蓋の金プレートに刻印されているブランド名を見ずとも、それがフランスのヴァンドーム広場に本店を置く高級宝飾店のものだとわかる。

触れるのも怖いほど美しい箱に、恐る恐る指を這わせ、息を詰めつつ蓋を開けば、中には八角形にカットされた大粒のダイヤモンドと、それを囲む小さなメレダイヤが飾られた指輪が入っていた。

「すごい、綺麗」

一般的な婚約指輪に多いブリリアントカットではなく、エメラルドなどでよく見かける形にカットされているが、それが、純度が高く等級の高い品質の石にしか使われないとテレビで言っていたのを思い出し、思わず目を大きくしてしまう。

デザインもさすが老舗というべきか、シンプルながらもスタイリッシュにしあげられており、ホワイトゴールドの上に溝を掘って黒を流し混んだブラックラッカーと呼ばれるラインが全体の印象を引き締めていた。

「一目見て、理乃に似合うなと思って」

いつまでも指輪を見ているだけの理乃に焦れたのか、柊木が告げるのに、大きくうなずく。

「ありがとうございます。すごく素敵で、こういうの、大好きです」

甘いだけではない、キリッとしていて仕事の場――たとえば学会後のレセプションでつけていても嫌味がない。

本当に、性格から好みからよく把握しているなと感心していると、待ちきれなくなったのか、柊木が理乃の左手を取る。

「これを嵌めて、明日の朝、婚姻届を出しに行きたいんだが、いいか」

「え？」

「ほんとうは、もっとちゃんと日取りとか、記念日とか考えて入籍するべきなんだろうが、今日みたいに、横からかっさらわれて無理矢理別の男と結婚させられるかと思うと、どうにも、我慢できそうにない」

一瞬でも、理乃が俺以外の妻になるなんて、絶対に許せない。と視線で強く訴えられて、つい笑いをこぼしてしまう。

必死だ。だが、彼の気持ちも不安もわかるので、理乃はそっと柊木の頭を撫でながら伝える。

「記念日にこだわりはありませんから、今から夜間窓口に婚姻届を出しにいきませんか？　私も、貴紫さん以外の妻にさせられるなんて、まっぴらごめんです」

しつこい貴青のことだ。時間をおいていると、違法と知りながらも強引に理乃の、あるいは柊木と誰かの婚姻届を出しかねない。

「今すぐ、私が妻になったら困ります？」

小首を傾げて尋ねれば、柊木が愉快そうに笑い声をあげながら理乃の左手に指輪をはめ、その上から自分の指を絡めつないで告げた。

「そんなことを言われて今すぐ夫になれなかったら、俺は死ぬ」

それから三十分後。

いやにはしゃいだカップルが東京都庁の夜間窓口に婚姻届を出し、プロポーズから最速で入籍を果たしたのも、その夜、一晩中甘い蜜のようなセックスに溺れていたことも。

すべてが運命だったと理乃には思えてしょうがなかった。

終章

三月、ホワイトデーを目前とした日曜日。

理乃は柊木と初めて結ばれたホテルの花嫁控え室にいた。

(半年で、人生がこんなに変わってしまうなんて、想像もしなかったな)

そんなことを思いながら、ドレッサーの大きな鏡に映る自分を見た理乃は、面はゆさに頬を染める。

鏡の中には、真っ白なウエディングドレスを身に纏った、清楚な花嫁の姿があった。

総シルク仕立ての生地の上を、細い銀糸のレースがふわりと覆い、腰から広がる裾は童話のお姫様のようにたっぷりとしている上、長いトレーンが床の上で白銀の渦を創り出している。

ベアトップで開いた胸元には、クリスタルではない本物のダイヤモンドのネックレスが輝き、ただでさえ高揚感に輝いている理乃の顔をさらにまぶしく見せる。

腕にはぴったりと沿う薄い白絹の手袋。その上には婚約指輪と先ほど上げた挙式で柊木が嵌めてくれた結婚指輪がきらめいている。

二人の仲を引き裂こうと柊木の父である貴青が画策してから、結婚式を挙げるまで、様々な妨害が入るだろうと覚悟していた理乃があっけなく思うほど、ことはトントン拍子に進んだ。

まず、柊木が昨年一杯で大学病院を辞めた。

もともと、二月か三月にという予定で引き継ぎを進めていたのを、前倒しする形となったので、クリスマスあたりは怒濤のように忙しくデートする余裕さえなかったが、除夜の鐘が鳴り終わり、新年になった途端、多忙の波は終わりとなり、代わりに、二人でじっくりと過ごす――早めの蜜月が訪れた。

留学先の住む予定の家を決めるため台湾へ渡航し、空いた時間は春から勤務する大学で桃の花見をしたり、有名なアニメの舞台となった観光名所で、工芸茶や中国茶の作法を習ってみたりと、充実した日々をすごす。

最終的に、住む場所は台北駅の近くである中山区のマンションとなった。

というのも、日本のホテルグループが長期滞在者のために建設したものだけあって、住んでいる住民が総合商社に勤め海外赴任してきた人や、柊木と同じように留学で滞在する学者や医師などがほとんどで、サービスを手配するときに日本語が通じることや、現地に展開している日本の百貨店も徒歩圏内という利便性の高さから、理乃が慣れていくには丁度いいと判断したからだ。

しかも台湾では、大抵の物件で基本的な家具が備え付けてあるものらしく、ベッドやクローゼットなどを始め、冷蔵庫などの家電を運ばなくて済んだので、めいっぱいに趣味の飾り付けに

——くつろげる内装や観葉植物の購入に——時間を当てられたのも嬉しかった。

柊木とあれやこれやと見てまわっては、沢山の商品からお気に入りを探すのは宝探しのようで楽しい上、買い物をする中で理乃の語学力もすこしずつ上達していった。

今では朝ごはんを食べに行くぐらいなら、一人でも大丈夫なほどだ。

そんな風にして、日本と台湾を行き来して過ごし、二月の終わりには拗ねる柊木を置いて、約束通り母と姉と一緒に石川まで温泉にでかけ、女三人水入らずで数日すごした。

その頃には、母も、姉の詩乃も柊木美容外科グループでの仕事を辞めており、母は地元でも有名な心臓外科主力病院で手術看護師として、姉は、なんと外資系高級ホテルのサロンで働き始め、お互いに充実した日々を過ごしているようだ。

一方、柊木の家のほうはといえば、少し大変だった模様。

というのも、柊木は父親を牽制《けんせい》するために、過去、発生していた美容外科手術の失敗について、さほど問題にならないものをいくつかリークしたからだ。

リークされた当時はワイドショーなどでも取り上げられ、ネットで悪評をまかれたりもしたが、情報が氾濫し、一つ一つを吟味する余裕もない現代のこと。

騒ぎは一月ほどで収まったが、世間の反応を警戒しているのか、あるいはそれとなく断られているのか、毎日のようにテレビや雑誌で見かけていた貴青の姿をすっかり見なくなってしまった。

ついこの間、偶然、柊木が買ってきた医療雑誌に学会で講演する姿が小さな写真として掲載されていたが、理乃の記憶にあるものより一回り小さく、足が震えるほどのオーラや威圧感がめっきり消えていた。

ついでに言えば、黒々としていた髪にも白髪が目立ち、目の下にも隈がうっすらとあり、ずいぶんくたびれているのが見て取れた。

柊木いわく、不始末が表沙汰になったことで他の理事——虎視眈々《こしたんたん》と自分の権力を拡大しようと狙う、貴青と似たり寄ったりの老人たち——に突き上げを喰らったかららしい。

ひょっとしたら引退するかもしれないな、と笑われ、いや笑い事じゃないですよ。患者さんはどうするんでしょうか。と尋ねれば、〝俺がいなくなったら、弟の貴朱《たかあき》が継いでなんとかするだろう〟と言って、手をひらひらと振り、お人好《ひとよ》しは大概にしとけと忠告された。

(うん、まあ。絶縁したし、勘当もされているから、口を突っ込むことじゃないのはわかってるけれど)

わかっているが、柊木の二つ年下の弟である貴朱は、医師でこそあったものの形成外科の道を選んではおらず、現在は都内の総合病院で救急医をしている上、性格は柊木と正反対と言うのだから、また一悶着《ひともんちゃく》おこるのは目に見えていた。

子どもを育てることには興味がないくせに、人生にはあれこれ口をだしてきたのだから、今まで溜《た》め込《こ》んだ反抗期を倍返しされても因果応報だろう。と、実に愉しげに、鼻歌まじりで言う柊木を横に、あまり犠牲者がでませんようにと内心で祈ったのはここだけの秘密である。

ともあれ、考えたって仕方がない。

理乃たちは結婚式を挙げた後、そのままホテルに一泊し、翌朝の便で台湾へ移動し――数年は日本に戻ってこないのだから。

新しい土地、新しい環境の中、柊木と二人で新たに家庭を築いていくことだけを考えるべきだ。

決意も新たに顔を上げたと同時に、扉がノックされ、花嫁様時間ですとウエディングプランナーの女性が声をかけてくる。

はあいと返事をしつつ、理乃は立ち上がり、もう一度鏡を振り返った。

そこにはもう、地味で誰にも気付かれなかった秘書の面影はなく、愛されることで女として美しく花開いた、今日一番の花嫁が微笑みながら、大丈夫だという風に理乃を見送っている。

「行ってくるね」

誰に聞かせるでもなく呟くと、進む道に幸いあれと祝福するように、ホテルの空中庭園に植えられている桜が、咲き始めの枝を優しく揺らしていた。


結婚式は、(主に柊木が)吟味を重ねただけあって、何一つ欠けることもなく、招待された友人や理乃の家族、そして柊木の弟と妹といった近しい人たちの惜しみない祝福を受け、幸せのままに幕を閉じた。

唯一、トラブルがあったとすればブーケトスだけだろうか。

親だから一応は出しなさいと理乃の母から意見され、しぶしぶと貴青にも招待状を送った柊木だが、当然、本人の出席はなかった。

が、あちらとしても理乃たちの現状が気にはなったのだろうし、また、世間体というものも多分に働いたのかもしれない。

本人は出席しなかったが、名代として〝あの〟秘書室長にして顧問弁護士である神取が式に現れた。

なにか騒ぎを起こす気ではとおろおろする理乃とは対照的に、柊木はまったく歯牙に掛けぬ様子で、〝アレとは話をつけているから問題ない〟と飄々としていた。

が、理乃は警戒で身体がカチコチになっていまい、姉へと向かって投げたはずのブーケが大きく外まで飛びすぎて——輪の外にいた神取が受け取るハメになった。

あの時の彼の、なんとも言えない表情と、冷徹な外見にまるで似合わない花束を持て余し、視線を彷徨わせる様子は見物で、理乃は彼に対する苦手意識も忘れ、吹き出してしまったほどだ。

その後、神取は気配なく姿を消してしまったので、理乃が投げた花嫁のブーケがどうなったのか、式に参加していた別の女性にプレゼントしたのか、自分の家に持ち帰ったのか、はたまた代理ということで引き出物とまとめて雇い主である柊木貴青へ提出したのかわからないが、いずれにしても面白い。

おかげですっかり緊張が解けて、理乃は伸び伸びと結婚式の一日を楽しんだ。

披露宴はなごやかに、二次会では元同僚たちから二人でキスを迫られ、恥ずかしさに小さくなる理乃の横で、柊木はいくらでもどうぞといわんばかりに、妻となった理乃の顔にキスの雨を降らせ、周囲が少し引いてしまうほど幸せっぷりを見せつけ、参加していた独身男女にうらやましがられた。

そうやってすべての予定が終わって今、理乃は柊木の手によってバスルームに拉致られるが早いか、裸に剥かれて湯船に浸《つ》からされていた。

(うう、恥ずかしい……)

身を小さくするが、そんなことをしてもバスタブの大きさなどたかが知れている。

少し身じろぎしただけで、背後から自分を抱いている柊木の胸板や腕に当たってしまい、そのいちいちにドキドキしてしまう。

「どうした。子ネズミみたいにビクビクして」

バスルームに持ち込んだシャンパンを余裕の笑顔で味わい、ついでに、バスに備え付けのテレビでニュースなんかを流し見ていた柊木を、理乃は肩越しに睨む。

「び、ビクビクして当然ですよ。こんな明るい処で……一緒にお風呂だなんて」

初夜、とはいえ、抱き合うのは初めてではない。

どころか、引越しの準備にかこつけて柊木のマンションに同棲《どうせい》させられてからは、ほぼ、毎日、ノンストップで抱かれているような状況だ。

今更改まって三つ指をついて、というのもおかしな話だろう。

という柊木の意見には同意できたが、初夜は初夜で思い出が欲しいよな。などと言われ、結婚式で得た多幸感と酔いでふわふわしていた理乃が、よく考えずにそうですね、と答えた途端、有無をいわさず服を脱がされ、一緒にどぷんと風呂へ浸からされた。

「これが、貴紫さんがどうしてもやりたかったことなんですか」

少し拗《す》ね気味《ぎみ》に言う。

新婚ということで、ホテルが容易したバスジェルの泡と薔薇の花で湯面が覆われていたので、まあ、胸元と出入りの時だけ気を付ければ――なんて考えたのが甘かった。

人は、見えないほうが想像力をかき立てられ、感度があがってしまうのか、湯の温度よりも背後に密着する男の胸板の熱さばかりが気になるし、どうかするとのぼせてしまいそうだ。

なのに柊木はそんなことお構いなしに、ジェットバスのパネルを操作して、水流を理乃の恥ずかしい部分へ当たるよう変更したり、シャンパンを取る素振りで脇乳をかすめくすぐったりするのだから、もう、ゆっくり疲れを取るどころではない。

「俺が、というより、まあ、男のロマンだろ。好きな女と風呂でイチャイチャっていうのは」

（イチャイチャというか、一方的に翻弄されている気しかしないのですが！）

内心で吠えつつ、泡の下でそっと動いては脇腹をくすぐる手をぴしゃりと叩けば、やるな、と柊木が笑い続けた。

「そう怒るな。本音を言えば、最初の日だって一緒にシャワーを浴びたかったのを我慢していたし、同棲していても、嫌だといわれたからにはと自分を抑えていたんだ」

「だ、だって……お風呂ですよ？　普通、一人で入る場所ですよ？」

「恋人なら、いや、夫婦なら一緒に入るものだろう」

そうなのか。恋愛経験ゼロな理乃には判別が付かないが、どうにも騙されている気がする。

疑いの目で柊木を見ていると、彼は機嫌を悪くするどころか、悪戯気たっぷりな目で理乃を見て、痛いところを突いてきた。

「そもそも、初夜だから、いままで沢山甘やかしてくれた御礼に、俺がしたいことに付き合うって言ったのは理乃」

指摘され、顔を両手で覆う。

「それは、そうですけど」

自分の発言を少しだけ後悔しつつ、柊木の策略に嵌められたことを悔やむ。

(そういう意味ではなくて、晩ごはんになにを食べるかとか、肩を揉むとかのサービスのつもりだったのに)

説明する隙どころか、口を開く時間すら与えず、一緒に風呂に入ろうと宣言され——今、この状況だ。

「……もっとエロいお願いをしたほうがよかったか？」

低く、艶めいた声で囁くと同時に耳朶を噛まれ身をびくつかせば、柊木が、はあっと切なげな吐息をこぼす。

「本当、俺を煽るのが上手いよな」

「い、意識してるわけじゃありませんから！」

「余計に悪い」

言うと、空になったシャンパングラスを出窓において、柊木はいよいよ両腕をつかって理乃を背後から抱きしめる。

湯よりも熱い男の手にほだされて、身体が甘い疼きにぐずぐずと溶かされていく。

「ほんと、なにをしても可愛い。愛しい。たまらない」

恥ずかしいほど惚気られ、同時に乳房やら下腹やらを撫で回され、理乃はついに我慢できず身を捩り、柊木の膝の上に乗る形で向かい合う。

それから相手が抵抗する暇もあたえず唇を奪う。

「ッ……ン、理乃っ」

不意打ちのキスに艶声で呻いた柊木が、顔を真っ赤にしながら唇を振りほどき、水音をたてて湯から出した腕で口元を覆う。

「いきなりは卑怯《ひきょう》だぞ」

「だって、貴紫さんが恥ずかしいことばっかり言うから」

「……一応、自制して抑えていたのに。収まりが付かなくなったじゃないか」

「自業自得！」

言い切り、湯から上がろうとするが、すぐに両腕を取られ湯船の中へと引き戻される。

「だったら、こんな風にした理乃も自業自得だからな」

言うなり、柊木は理乃の腰を腕に収めて引き寄せ、ぐい、と自分の下腹部に秘部を押しつけさせる。

「ひぁん！」

お湯か、あるいはそれに混じるバスバブルのせいか、いつもと違う滑らかさで恥丘からへそまでを屹立の先で抉りなぞられ、変な声が飛び出してしまう。

「やっ、ん」

「やん、じゃない。……こうなったからには責任を取れ。一発抜くまで絶対に離さないからな」

怒ったような口調だが、その声が興奮でわずかに震えているので、まるで迫力がない。どころか、変な気分ばかりが煽られる。

「せ、責任って言われても……っ、ああっ、や、も、そこぉ、ダメぇ」

知らないと顔を背けようとした瞬間を狙い、柊木が泡にまみれていた乳房の尖端を指で摘まんで反論を封じる。

素肌の触れあいですっかり硬くなっていた胸の花蕾は、男の指に摘まみ囚われたが、肌が濡れているためか、すぐにくりゅりとすり抜けてしまう。

普段とは違う感触に、ゾクゾクとしたものが肌を震わせ、湯面に浮かんでいた双丘の膨らみが苦しいほどに張り詰め、もっと触れてほしいといやらしく本能へ訴える。

「ん、……いつもより、滑って捕まらないな」

身をくねらし逃げようとする理乃をそのままに、まるで新しい玩具《おもちゃ》を見つけた子どもみたいな顔で柊木が理乃の乳首を捕らえようと、指で挟み、しごき、ぬるぬると弄ぶ。

絶対にわざとだとわかりつつ、官能を知る身体は理性に従うはずもなく、まるで自分から捧げるように理乃は愉悦に背をそらす。

ちゃぷん、ちゃぷんと湯が揺れるごとに、浮かぶ薔薇の花びらが肌をかすめ、張り付くのにも感じてしまい、たまらない。

漏れる嬌声がバスルームに響くのも卑猥で、手の甲を口元にあてて堪えようとするが、自由に声を放てなくなったことでかえって身体の感度が上がってしまう。

しっかりと捕まえてもらえないもどかしさに、どんどんと身体が焦れていく。

緩すぎる愛撫に耐えきれず、理乃は知らず自分から柊木に身体を押しつけるように動いてしまう。

「っ、く……、理乃……ッ」

それまで余裕を保ち戯れていた柊木が、どこか苦しげに息を凝らす。

男の上半身に押しつけた乳房が柔らかに変形したまま、ぬるぬるとしなやかな胸筋を滑り撫でるごとに、柊木の眉間が寄っていき、目元の朱色が強くなる。

すりあわせられているのはもはや上半身だけでなく、互いの下腹部も密着しており、そこに挟まれた屹立が熱く硬く兆していく様がありありとわかる。

（あ、動いてる……）

陶然としていく頭の中で、互いの腹部に挟まれた肉棒が、びくっ、びくっと脈動しては跳ね、女の肌を押しひしぐ。

圧迫感と命そのものの生々しさはどうしようもなく女体に響き、へその奥にある子宮が雄の存在に歓喜するよう疼く。

もっと。もっと感じたい。

乾いた肌よりさらに高い密着度に酔わされながら、理乃は本能に駆られるまま拙い動きで身体を揺する。

すると二人の身体に挟まれた剛直がますます大きく、肌を抉る硬さと熱がより劣情を強く煽る。

「ん……ンッ」

もう自分がなにをしているのかもわからない。ただ、じりじりと身を焼き渦巻く愉悦をなんとかしてしまいたい。

そんな思いにかられるまま、ますます肌を寄せ身を揺すれば、風呂の水が波立ち泡と薔薇の花弁が千切れて舞う。

同時に、始まりは腹を擦るだけだった屹立の位置がどんどんずれてきて、次の瞬間、淫裂をずるりと擦り上げる。

「あぁっ！」

一際高い嬌声をあげ、理乃は背を弓なりに反らす。

そうすると乳房はますます男の胸筋へと押しつけられ、染みる熱と濡れた感触でさらに官能を高められる。

淫欲の沼に沈むことを覚えた身体は、さしたる抵抗もなく快感を素直に受けとめ、それでは足りないとばかりに勝手に動きだす。

両腕を回し柊木の首へすがりつき、完璧な形をした鎖骨の上へと口づける。

すると、くっと喉で呻くのが聞こえ、理乃は女として満ち足りた気持ちにさせられる。

「ん……もっ、と」

結婚式で呑まされ酔っていたこともあるが、それ以上に、今の雰囲気と愉悦に酔っている。

頭ではわかっているが、自制を失った身体はもう言うことを聞かない。

自らすりつけるように腰を男の腰へと合わせ上下に揺らし、激しく泡立ち揺れる水面に濡れた上体を揺らし淫蕩《いんとう》に笑う。

気持ちよくて、すごく生々しくて、生きている実感がものすごい。

どうしようもない愉悦に苛《さいな》まれながら、放埒に甘いねだり声を漏らしていると、当てられた柊木が焦りも顕《あら》わに声を吐く。

「お……おい。そんなに激しくッ、動くな……。挿入《はい》り、そ……うだろ」

暗に避妊をしていないと伝えられるも、理乃にはまるで聞こえない。

どころか、常に自分を翻弄する柊木が追い詰められていることに、異様なほどの興奮と満足を覚えさせられる。

仕事中どころか、他の女性に対しても変わらず冷淡な柊木が、自分だけを切実に欲し切羽詰まっているのかと思うと、目眩がするほどの喜悦が身体を震わせる。

「もっと……」

聞かせて？　と言うのももどかしく理乃はより柊木と肌を密着させ、愛する男と一つになる快感を求めて、いやらしく腰を上下させ、胸をすりつけ、肩口に甘えたキスをする。

そんなことをされて、理性を保てる男などいない。

最初こそ阻止するように腰をしっかりと掴み、理乃の暴走をコントロールしようと苦心していた柊木だったが、不意の動きで互いの乳嘴が擦れ合ったことで、一瞬力が抜けてしまう。

「んあっ……ああ……」

コリコリとした感触とともに、胸に甘苦しい疼きが走る。

あまりの悦さに背を弓なりにすると、自然に理乃の腰が浮く。

一際大きな波が起こり、その揺れに身を任せるようにして力を抜けば、腰を押さえていた柊木の手が肌を滑り抜け、支えをなくした腰は、まるでそうなることが当然のようにかくりと落ちる。

開かれた足の間を湯の流れが抜け、その不確かな感覚にうっとりしたのも束の間、次の瞬間、ほころびきっていた花弁に灼熱の先が触れ、あっと目をみはると同時に蜜底まで貫いてきた。

「ひっ、ッ、あ、ああああああーっ」

ずんっ、とこれ以上ないほど奥処までひと息に満たされて、理乃はおとがいを天に向けて絶頂の声を放つ。

目の前がちかちかして、頭が真っ白に塗り替えられていくのがわかる。

限界まで勃起した男根が身を打つ衝撃はすさまじく、苦しいのか気持ちいいのかもわからない。

待ち受けた雄を迎え入れ、膣が精を絞ろうといやらしくうねり蠕動《ぜんどう》する。

快感と興奮で降りていた子宮口は、盛んに蜜を滴らせながら自分を穿つ雄の亀頭をねっとりと包み、甘く締め付ける。

「ぐっ……、ぅ……」

吐精を堪え柊木が呻き、壮絶な色気を放ちながら眉間を寄せる。

達しガクガクと揺れる女をこれでもかと抱きしめ、切羽詰まった呼吸を理乃の耳元で響かせていた柊木は、腹に力を込め、女の媚肉の締め付けをやり過ごしながら声を絞る。

「くそっ……なんて、熱くて、蕩けながら締め付けてくるんだ」

はあっ、はあっ、と飢えた獣のような呼吸が耳孔を犯され、身を震わすと、ぐうっとまた呻かれる。

「だから、締めるな。……中がよすぎて、挿れているだけで出そうだ」

そんなことを言われても、理乃にはどうすることもできない。ならば抜いてしまえばと、名残惜しさをこらえ腰を浮かせば、すさまじい勢いで引き戻される。

「ンンッ………！」

脳天を突き抜ける快感に、理乃は声を出すこともできず喉をひくつかす。

あちこちが悦すぎてたまらない。

太い竿でまるく開かれた入口はジンジンと痺れ、膨らんだ屹立は内部にある性感をあますことなく押し刺激し、膨らみ張り詰めた亀頭がぐりぐりと子宮口を圧迫するのに気が遠くなる。

「動くな、射精《で》る」

端的に命じられるが、それ自体が男の余裕のなさに聞こえ、理乃のときめきも興奮も否応《いやおう》なしに煽られる。

目を眇め、額に汗さえ浮かばせながら快楽という苦痛に耐え、理乃を望まぬ妊娠から守ろうとする柊木は、これ以上なくセクシーで、そして誰より愛おしかった。

「射精《だ》して……」

考えるより先にねだっていた。

こんな風に苦しんでまで自分の欲望を抑え、理乃を守ろうとする男へ囁く。

「煽るな、馬鹿」

怖い声にしようとして失敗した、切な声で柊木が言うも、理乃は退こうとは思えない。どころか、ますます欲しくなる。

「煽っ……てない。ただ、心から貴紫さんのすべてが欲しいだけ」

その結果、子どもができるとしたら——なんて素敵な事だろう。

愛する男の種を宿し育てる日々を、遠いところから訪れ幸せを運んでくれるだろう子どものことが頭をよぎり、理乃は知らずうっとりと微笑する。

母性と淫蕩さの入り交じった女の笑みに、柊木の理性はたちまちに崩れる。

「っ、理乃……本当に、お前は……」

愛してる、と吠えるように叫んだと同時に柊木が膝の上に乗っている理乃の腰をきつく掴む。

それから、水の浮力や流れを振り切るように、がつがつと下から蜜壷を犯し突き上げる。

技巧も駆け引きもない。ただつがいを求める本能のみに支配された交合は激しく、同時に、どこか神秘的で野生への畏怖を掻《か》き立てる。

あ、これが本当のセックス——交合なのだな——と頭の奥のほうで理解した時だ。

渾身の力を振るって柊木が理乃の秘裂を奥処まで貫き、柔らかい子宮の肉輪を自身の亀頭でぐりと押し潰しながら喉を反らす。

「り、の……」

息絶えるような囁きで名を呟かれ、響きの切なさと劣情の強さに身震いした時だ。

含む肉棒が悍馬《かんば》の動きでびくんと跳ねて、その刺激に理乃が声を上げたと同時に、男の隧道から白濁が吹き出し、激しい奔流となって子宮へと注がれる。

「ひ、ああああっ……ッッ！」

勢いと熱に身を焼き溶かされながら、理乃は頭が痺れるほどの快感に穿たれ、そのまま意識を遠くする。

男の吐精はどこまでも長く続き、子宮が呑みきれなかった白濁が結合部から垂れこぼれるほどだったが、気をやった理乃がそれを知ることはなく、この上ない多幸感に満たされながら、柊木にもたれ、その鼓動を感じていた。

◇◆◇

午前三時。

多くの人々が眠りについているだろう静かな時間。

柊木貴紫はベッドに肘を突いた姿勢で横になり、隣で安らかな寝息を紡ぐ最愛の妻を見つめつつ微笑む。

生まれてこの方、これほど満ち足りた時間はない。

「それにしても、まったく。……どこまで俺を虜《とりこ》にすれば気がすむのか」

風呂場でいちゃついているうちに、どんどん欲望を煽られ、このままではまずいなと、場所を寝室に移さなければという気持ちと、どうして避妊具をもちこまなかったのかという後悔にさいなまれていた中。

柊木以上に劣情に煽られ、媚態《びたい》に我を忘れ求めだした理乃に完全に頭をやられ、気が付いたらなんの隔たりもなく結合していた。

そこから先はもう言うまでもない。

全部欲しいと唯一にして至高の女からねだられ、理性などたちまちのうちに塵《ちり》と化し、妊娠したら理乃に負担がと思う心を容易く反故《ほご》にされ、あとはもう心と欲望が赴くままに女体という甘い果実にかぶりついては貫いた。

そのせいで、新婚用にと風呂どころかベッドにまで散らされた薔薇の花びらより、赤く淫靡な花弁を理乃の肌に残すのみならず、奥深くに己の精を解き放ち、震えるほどの快楽に身を任せてしまった。

結婚した以上、いつでも抱ける。無理をさせたり、しつこくすることで嫌われてはたまらないだろうと、自分に言い聞かせていたにも拘わらず、やはり抱いて、抱き潰してしまった。

風呂から抱き上げ、風邪をひかないよう丁寧に水滴を拭い髪を乾かす間にも、理乃はどこか心あらずで、眠そうで、油断した途端、柊木にもたれかかり寝息を紡ぐのだから——二回戦に挑みたがる自分とその分身をなだめるのに本当に苦労した。

一番厄介だったのは秘部の始末で、同棲するようになってからほぼ毎晩抱いていたというのに、開かせた脚の間から愛蜜と精が混じった白いものが滴った時は、頭がどうにかなりそうなほど興奮したし、落ち着きかけていた男根がたちまち力を漲らせ、腹の奥が熱くなり、パウダールームで押し倒しかけた。

それを我慢できたのは、柊木を信頼しきった理乃の寝顔と、結婚式で疲れているだろうとのいたわりだった。

——理乃が欲しい。誰にも渡したくない。

手に入れたら最後、柊木なしでいられないほど溺愛し、ずぶずぶに依存させ、離れることなど考えられないようにしたいほど。

他人が知れば、ドン引きしてしまうだろうほど重い感情を抱え、だが、泣かせたくなくて自制していたが。これからはもうその必要もなくなる。

枕の横に所在なげに置かれていた理乃の左手を、そこに嵌められた永遠の愛の枷《かせ》たる指輪を見て柊木はそっとほくそ笑む。

(もう嫌だといっても、離れられないからな)

一度は手に入らないものと諦めていた分、強さと濃さを増した執着に笑みを深めつつ、理乃の指輪に口づける。

バスソープや浮かべてあった薔薇とは違う、甘く脳髄に響くような女の匂いに、また股間に熱が溜まり出すが、あえて気付かぬふりをして、ただただ隣の眠り姫ばかりを見つめ、愛《め》でる。

同じ姿勢がきつくなってきたのか、それとも近すぎる柊木の熱に肌が焦れたのか、んんっと可愛い声を出して理乃が身じろぐと、合わせていたはずのバスローブの襟元が緩み、そこから紅色をした所有の証が――他ならぬ柊木がつけた鬱血の痕が覗き、心も欲望も満たされる。

俺の女。唯一の、他に代わりなどいないつがい。

ありとあらゆる言葉を持って、理乃という存在が自分にどんな意味を持つか確定させようとしたが、どんな言葉でもまったく足りない。

理乃は――理乃だ。俺だけの。

そう結論づけながら、柊木は濡れ、頬に張り付いている彼女の黒髪をそっとはらってやる。

するとそれがくすぐったかったのか、むずがる赤子の仕草で理乃が身を小さくし、次の瞬間、温もりを求める雛《ひな》の動きで柊木の胸元へ頬を寄せる。

「本当に、無意識に俺を煽って。……どうしたいつもりなんだ。理乃」

愚痴めいた台詞を甘く低い声で囁くが、夢の中に眠る相手には聞こえていない。

それがちょっと不満で、身動きするうちにめくれたバスローブの端をそろそろと持ち上げ、まだしっとりと湿り気を保つ太股に手を這わす。

「……ん、ぅ」

甘く淫靡な鼻声が漏れ聞こえたと同時に、どろどろとした欲情が興奮となって股間から脳天を貫く。

このまま抱いてしまおうか。初夜なんだし。などと考えているうちに、バスローブの裾の乱れは大きくなり、ついいは腰の辺りまで肌が見えてしまう。

「本当に、俺をどうしたいんだか」

ダメだ。やめておけ。

ただでさえ結婚式で疲れている上、バスルームでメチャクチャに抱いた。

その上、今から朝までノンストップで抱いて、台湾へ戻る飛行機に乗るなど、体力的に辛いに決まっている。

いい夫でいたい自分と、唯一の女をめちゃくちゃに抱きたい気持ちがせめぎ合う中、ふと視線を落とすと、理乃がそおっと自分の下腹部に手をあてた。

その仕草は不味《まず》いだろう。襲っていいかと身を起こしかけた時だ。

眠っていた理乃が、聖母のように慈愛に満ちた顔で微笑み、己の腹を愛しげに撫でる。

「あっ……」

思わず声を上げ、あわてて柊木は口を塞いだが、その視線は理乃の下腹部——子宮がある場所から離せない。

今夜、なんの隔たりもなく、あそこへ子種を放った記憶がまばゆい光となって脳へ刻まれる。

どくんと心臓が大きく跳ねて、理由の付かない歓喜が身体の中を巡り、毒よりも甘く致命傷となる多幸感が柊木を犯す。

恐る恐る手を伸ばし、下腹部を——もう子どもが宿っているかもしれない場所を守る理乃の手の甲へと重ねれば、彼女はますます幸せそうに微笑む。

——ああもう、本当に敵《かな》わない。

自分が彼女を支配しているようで、髄の部分はがっつり彼女に支配されてしまっている。

親から愛されたことのない自分が、親となることへの不安など、理乃の笑顔の前では塵芥《じんかい》にすぎず、ただただ、歓びだけが人生を彩りだすのがわかる。

あと九時間、いや、十二時間もすれば二人は日本ではない新たな国で、新たな人生を始めることになる。

そこに自分の子が加わるかもしれないと考えるだけで、活力と希望が湧いてくる。

もちろん、行き違いや喧嘩があるかもしれない。だが、それすらも理乃とだったら楽しめる。

どんな傷だって笑い話にして前へ進んでいける。

いつだったか、助かるはずの子どもを看取《みと》るしかできずやさぐれていた柊木に——というより、失われた命に対して理乃は言った。

次に生まれてくる時は、もっと健康で幸せであればと祈るばかりだと。

人にできることは限りがある。それは命を救うことを職業にしている医師も同じだ。だが、諦めればそこで終わる。

――希望あらんことを。幸多からんことを。

真っ直ぐに柊木の視線を捉え、曇りなく透き通った瞳で自分以外のすべての人に対し願う姿勢に、柊木は心を奪われ、そして新たに生まれ変わった。

だからといって、今日、理乃の胎にやどった命があの時の子だと思うほどロマンチストではない。

「次じゃ遅い」

つぶやき、理乃とともに子どもの生まれてくる場所に手を当てたまま目を閉じる。

そうだ。次では遅い。

(俺は今、幸せにしたいんだ。来世なんて不確かな未来ではなく)

理乃も、子どもも、望むのであれば理乃の家族や患者だって、少しでも早く、多く、幸せにしたい。

そうすることで、自分はもっと幸せになれる。

理乃の笑顔と幸せこそが、自分が欲してやまない希望の光でもあるのだから。

そのためには毒にも剣にもなる覚悟はある。もっとも、そんな後ろ暗い影の部分を見せることなど一生ないだろうが。

「幸せになろうな」

そっと身を寄せ、自分だけの眠り姫に口づけをすると、彼女は柊木の思いに応えるように、美しく、実に幸せそうに微笑んでいた——。

あとがき

こんにちは華藤りえです。

ご縁がありまして再びルネッタブックス様で書く機会をいただけて、とてもうれしいです。

これも、ネットやお手紙で応援くださったり、こうして本をお手に取ってくださる皆様のおかげです。誠にありがとうございます。


今回は秘書とドクターの恋物語です。

結婚に恋はいらないと考えているヒロインが、婚活の果てに見つけた相手を誕生日に寝取られて、そこに偶然立ち会わせた上司でパートナーなドクターとひょんなことで一夜を共にすることになり……という内容です。

ヒーローは性格はわりとイイ（いろんな意味で）奴ですが、恋愛はド直球豪速ストレートなタイプ、ヒロインは気を回しすぎなところもありつつ頑張り屋です。

基本的なところは王道で、細部でちょっと外していこうかなと思い企画を作ったのを覚えています。

ドクターといえば、やはり脳神経外科とか心臓血管外科ヒーロー、救急医ヒーローが人気かと思いますが、今作はあまり耳慣れないだろう科のドクターでやっていこうと思い、形成外科（美容外科）を選択しました。

この形成外科、よく整形外科と勘違いされてしまうのですが、車に例えて説明すると「故障した部分を修理する」のが整形外科で、形成外科は「外装を綺麗に整える」とか「乗り心地をよくする」感じでしょうか……？

診療科として成立して新しいこともあり、病院ごとにやることがちがっていたりするのですが、大まかにはそんな感じで、他の科（例えば、脳神経外科）とタッグを組んでオペすることも。

個人的にはいつもカメラを持っているドクターというイメージが強いですね。

（仕事で使うので、みんな買うしかないそうです。結構いいお値段のやつでした……）

あと、美容外科と診療領域が被っていることもあり、美意識が高いというか……形成外科の女性のドクターは、コスパがよい化粧品（スキンケア系）に詳しいと院内で噂だったり。

そんなことを思い出しつつ、少しだけストーリーに盛り込んで書かせていただきました。

楽しんでいただけていたら幸いですし、形成外科について興味を抱いていただければとも思います。

作中に出てきた台湾は、私も何度か訪れたことがあります。

沖縄より南ですが、そのわりにからっとしていて快適でしたし、言葉もあまり困らずに過ごせるのでオススメです。

食べ物も日本と味付けが近いので、異国風でありながらどこかなつかしいですし、夜市では日本の食べ物が（私が行った時はお好み焼きだったかな）流行しているなんてこともあります。

屋台フードを観光の目玉にしているだけあって、衛生基準がしっかりしていて守られているのもいいですね。

ファーストフードも日本のチェーン店がでているので、この時は（仕事で行ったのですが）日本食食べたい病にはならなかったですね。

逆に、台湾で食べた屋台フードが美味しすぎて、また行きたくなってきています……。


イラストは前回同様に芦原モカ先生に引き受けていただきました。

もう、独占欲です！　という雰囲気が伝わってくるラブでとてもよい表紙にしていただけて本当に嬉しいです。

また、編集様や題字デザイン担当様などなど、この本を作成するのに携わってくださった多くの方々にも感謝を。

なにより、読んでくださる方々に感謝をお送りしたいです！

さて、この本が出る頃は桜が咲いている頃でしょうか。

私が在住している沖縄では、お正月頃に桜が咲いているので、多分、三月は緑と南国の花が咲きだす綺麗なシーズンになっている気がします。

その頃には、また違うお話を書かせていただいていると思います。

今年は、去年より沢山、作品を発表していけたらなと思ってます。まずは体力と体重を元に戻すところからですが……、がんばっていきたいと思います。


それから、お手紙やハガキでの感想、年賀状など季節のお手紙をありがとうございます！

大切に大切に読ませていただいております。

なかなかお返事が出せず心苦しいのですが、少しずつ、お返ししていければと思います。


ここまでお読みくださりありがとうございました。

それでは。（日本最南端の県より）

華藤りえ

ルネッタ🄻ブックス

オトナの恋がしたくなる♥

もう一度君と結婚できるなら、
他のすべては捨てていい

隙あらば君と子どもを愛し甘やかす。
そんな夫でありたい……ダメか？

ISBN978-4-596-42754-0　定価1200円＋税

完璧エリートドクターは元妻と息子を（執着高めに）溺愛します

RIE KATOU

華藤りえ

カバーイラスト／芦原モカ

シングルマザーの真帆は、息子の急病で駆け込んだ先で、医師である元夫の孝生と再会してしまう。蕩けるほど幸せな結婚生活を送っていた二人だったが、孝生が実家の後継者争いに巻き込まれたことが原因で引き裂かれたのだ。そんな過去にも関わらず、孝生は昔と同じ甘く情熱的な態度で真帆と息子を溺愛する。辛い過去と孝生への思いに揺れる真帆は!?

ルネッタブックス

オトナの恋がしたくなる♥

ずっと君に触れたかった

イケメン敏腕外科医

心機一転して頑張りたい看護師

ISBN978-4-596-53573-3　定価1200円＋税

もう一度逢えたなら

～イケメン外科医に再会したらゼロ距離で溺愛されてます～

NOA RENJOUJI

連城寺のあ

カバーイラスト／カトーナオ

医療事故の責任を押し付けられ病院を退職した看護師の奈緒。離島の診療所勤めで立ち直った彼女は、恩師の勧めで大学病院に勤務を決め、一度だけ夜を共にした外科医の名波と再会する。「会いたかった。俺は今でも君が好きだ」ストレートに愛情を示し奈緒を甘やかす名波。彼に癒やされ幸せを覚える奈緒だが彼女を妬む同僚が過去の事故の噂を蒸し返して⁉

ルネッタブックス

女嫌いドクターの過激な求愛
～地味秘書ですが徹底的に囲い込まれ溺愛されてます！～

2024年3月25日　第１刷発行　定価はカバーに表示してあります

著　者　**華藤りえ**　©RIE KATOU 2024
発行人　鈴木幸辰
発行所　株式会社ハーパーコリンズ・ジャパン
東京都千代田区大手町 1-5-1
04-2951-2000（注文）
0570-008091　（読者サービス係）

印刷・製本　中央精版印刷株式会社

Printed in Japan ©K.K.HarperCollins Japan 2024
ISBN978-4-596-53969-4